Monetia Massikalla

Viittäkymmentä ikävuottaan lähestyvä Terho
elää tyytyväisenä maalla, oman näköistään elämää,
johon kuuluvat sisko Siiri, tämän ystävä Mari
ja joukko kyläläisiä.

Kustantaja: BoD – Books on Demand, Helsinki, Suomi
Valmistaja: BoD – Books on Demand, Norderstedt, Saksa
ISBN 978-952-80-6715-3

Mauri Laakkonen

Monetia Massikalla

ja muita kertomuksia

Sisällysluettelo:

RUNO

Hahmo iltataivaan hehkua vasten
taustalla
punerrus taipuu oranssista siniseen
yön tummaan piilottaa rannan
ja etäisyyteen
katsoja
jää hiljaisuuden lempeään huomaan
kun maininki
käy rantaan

Kevätunelmia

K evättunnelmissa syntyvät unelmat. Talvisen an-
keat ajatuksen juoksut sulavat ja niin sulavat lu-
mien mukana vedet pieniksi puroiksi. Ne solise-
vat pajunkissojen armeijan nenien editse kohti tulvivia pel-
toja, joille kuvastuvat suurten kuusten tummat varjot, luo-
den muhkeita piilokuvia kallioiden kupeeseen.

Pajunkissat muistuttavat tulossa olevasta pääsiäisestä. Her-
kullisesta mämmistä, kermamaidosta, sokerista ja kukki-
vasta, kukkeasta narsissikorista, jonka reunalla kurkkivat
suloiset, käsin maalatut pääsiäismunat, unohtamatta pik-
kuruisia piipunrasseista koottuja tipusia.

Unettava ihana lämpö tunkeutuu palttoon kauluksesta
kaulalleni ja mieli riisuu jo kehoa kesän lämpimiin. Haa-
veksii uinnista kukkivien lumpeiden keskellä.

Pitsiverho

Avoin ikkunanpoka riekkuu saranoillaan tuulen tahtiin. Vanha ja kitisevä poka sinnittelee tehtävässään maalipinta pahoin rapistuneena. Harmaaksi paahtuneet puuosat ovat hapertuneet niin, että lasien kittauksesta osa on putoillut paikoiltaan. Suljettuna lasiruutujen reunat valskaavat, talvisin kylmää ja kesällä kuumaa. Pahimpien tuulien aikana ruutujen vuotokohdat ujeltavat kuin myrskyjä kuvaavissa elokuvissa.

Nyt ikkuna on auki. Mari on sen aukaissut hellalle ylikiehuneen maidon synnyttämän käryn vuoksi. Liedellä punaisessa emalikattilassa porisee riisipuuro.

Mari ryhtyi puuron keittoon heti herättyään kuuden jälkeen. Hän on tarmokkaimmillaan aamulla. Valmistumassa oleva puuro päätyisi jäähdyttyään karjalanpiirakoiden täytteeksi.

Nyt hän istuu pöydän ääressä ja selailee edellisen päivän paikallislehteä. Uusi tulisi iltapäivällä. Nykyään postin ja jakelufirmojen palvelut matelevat verkkaiseen tahtiin. Lehdessä on mainio kirjoitus lampaista ja niiden hoidosta. Eniten Maria kiinnostaa kuitenkin villojen käsittelyä koskeva osuus. Jutun ansiosta hänellä olisi asiasta keskusteltavaa naapurin Siirin kanssa, syksyllä alkaisi kansalaisopistossa villan käsittelyn kurssi, jolle hän houkuttelisi taas kaverikseen Siirin ohella Maijaa. Siiri on hänen henkiystävänsä, jonka kanssa on maailmaa paranneltu monissa kaksin istunnoissa. Ainakin Siiri pitää saada mukaan, päättää Mari. Voidaan sitten tulevina aikoina yhdessä istua ja kutoa sukkia, kun osataan itse valmistaa langat aidosta villasta. Eihän ne niin kestäviä ole kuin keinomateriaaleilla vahvistetut langat, mutta verrattomasti mukavammat ja lämpimämmät.

Siirin veljellä Terholla on lampaita, joiden villat ovat päätyneet tähän asti naapurikunnan Marttakerhon aktiivien jalostukseen. Kun käydään kurssi, niin villat päätyvät sitten omaan ja oman kylän aktiivien kutojien käyttöön. Ei ole pitkä aika siitä, kun Terhon lampaiden villat menivät jätteisiin. Mitä haaskausta, pohtii Mari.

Hän sulkee lehden ja pyöräyttää kauhaa puurokattilassa. Keitos alkaa olla valmis. Hän tarttuu suolasirottimeen ja ripottelee silmämääräisesti suolaa puuroon samalla kauhaa pyöritellen. Suolaa pitää olla riittävästi, jotta piirakat maistuvat, sen hän on oppinut vuosien varrella kehittyessään kulmakunnan piirakkamestariksi. Varsinkin kesäasukkaat tulevat usein kyselemään piirakoita Marilta. Tieto piirakantekotaidoista levisi, kun hän oli varannut torilta myyntipaikan ollessaan kuumia piiraitaan kauppaamassa. Lauantaina olisi taas mentävä. Mieluiten hän niitä torilla kauppasi, mutta usein kotoakin, vaikkei siitä oikein tykännyt. Ei hän hennonut ovelle tulevia poiskaan käännyttää, jos piiraita oli valmiina.

Mari oli jäänyt naimattomaksi ja asumaan vanhaan kotitaloonsa vanhempien kuoltua. Kylällä oli monia mökkejä ja taloja, joissa asui vain yksi henkilö.

Joskus nuorena Mari oli vilkuillut Siirin veljen, Terhon suuntaan, mutta ei ollut saanut miehen huomiota. Niinpä Mari vähitellen luopui toiveistaan ja keskittyi yksin päivittäiseen selviämiseen. Tapaili aluksi kylän tyttöjen ja myöhemmin naisten kanssa yhteisten harrastusten parissa. Miehet oli siirretty pois ajatuksista.

Erään kerran Marin ovea oli koputellut tummahipiäinen raamikas mies. Tämän ruskeat silmät ja musta kihara tukka olivat panneet Marin katseen harhailemaan ja sydämen läpättämään. Kun mies oli puhunut hänelle ystävällisesti karhean pehmeällä äänellä, oli Mari valahtanut ihastuksen valtaan. Hän oli vaan tuijottanut miestä saamatta sanaa suustaan. Pian hän oli polvillaan miehen edessä ja kuunteli lumoutuneena tämän juttelua. Kosti. Kosti oli sen nimi ja osoittautui naisten naurattajaksi. Muutaman päivän tuttavuuden jälkeen Mari päätti, että mies oli parasta unohtaa, niin imartelevaa kuin kehuskelu oli ollutkin.

Kosti oli sulavasti siirtynyt seuraavaan kohteeseen ja kerrottiin, että sinne syntyi yhdeksän kuukauden kuluttua uusi kansalainen. Sinnikkäästi rääkyvä kiharapää poika.

Mari nostaa kattilan liedeltä ja asettelee sen päälle kannen. Nyt puuro saa rauhassa jäähtyä ja iltapäivällä alkaisi piirakoiden kuoritaikinan teko. Hän teki taikinan piimäpohjaan, johon ruisjauhojen lisäksi käytti hieman vehnäjauhoja.

Erilainen mies

Terho Tarmo Tobias Tyrnävä, 49, roteva ja länkisääri-nen mies. Epäsiisti parta rehottaa pesemättömissä kasvoissa ja silmillä roikkuu rasvaiset pörröiset hiukset, joiden keskellä kalju päälaki. Hatunreuhkan korvikkeena päässä on aurinkolippa, joka painaa hiustupsuja vasten ohimoita ja osa pehkosta piilottaa esiin pyrkivät hörökorvat.

Leveillä harteilla on monta likaa nähnyt kauhtunut sarkatakki, jonka rinnuksilla eilistä, ryytynyttä kaurapuuroa. Takin hihoista esiin tunkevat valtavat kourat, joiden armoitettu kruunu ovat mustat kynnen aluset. Pussihousuisen äijän viimeistelee 1990-luvulla hankitut, moneen kertaan paikatut kumiteräsaappaat.

Kansakoulun käynyt Terho puhhuu tarvittaessa levveetä savvoo. On muanvilijelijä, jolla on peltoo ja mehtää enemmän, kun kirkonkylässä kellään. Savolaisuus on mahtavoo. Syö kalloo ja talakkunoo aina samasta pesemättömästä kiposta.

Terho on kuitenkin kouliintunut murteensa käyttäjä ja unohtaa sillä puhumisen, kun siihen syntyy tarve, kun tuntuu siltä, että hänen puhheensa mennee yli ymmärryksen.

Päätti Terhon kohdannut kysyä, miksi asiat ovat kuten ovat.

- Mitä sinulle kuuluu Terho?
- Tuossaha tuo männöö, välillä päin peetä.
- Miksi?
- Vällee on semmosta.
- Miksi?
- No kaho, ku oon niin yksinään tiällä.
- Miksi?
- Ku ei ou tuota akkoo.
- Miksi?
- Eivät nuo naeset oikee tykkee.
- Miksi?
- En minä tiiä, ovat vuan ollaksee niin hienova porukkoo.
- Miksi?
- Meikkoovattii suutaa ko nuapur ovenpielii.
- Miksi?

14

- No en minä tiijjä, joku sano kerran, että tiälä haisooki nii pahalle.
- Miksi?
- Sen ku tietäs, niin ois helepompoo.
- Miksi?
- Sais vaekka kokkee muutaki ko lehemän tissii. Oeshan se kivvoo. Mutta kahotaan ny, kuha ny ensin joku tulloo....

Keväinen riita

Terho seisoo keittiön ikkunan ääressä ja katsoo pihan perällä olevaa harmaata rakennusta. Ajan harmaannuttama, lautapintainen lato, muuttui lampolaksi muutama vuosi sitten, kun hän sai perintönä kymmenen lammasta.

– Ihanaa, hän lausui ääneen lampaat saatuaan. Hulluuksissaan kuvitteli, että lampaista saisi hyvät lisätulot. Toisin kävi.

Ladon harvalautainen ovi on vinksallaan. Säppi hädin tuskin ulottuu aspiinsa, vaikka ne yrittävät tukea toisiaan, huonolla menestyksellä. Ovi repsottaa, roikkuu saranansa varassa, hyvä ettei putoa paikoiltaan. Onneksi oviaukossa on pari poikkilautaa oviaukon tukkeena.

Terho huomaa ajattelevansa kauhulla tilannetta, jossa lampaat karkaavat. Hän tosin tietää, ettei lammas yksinään kauas pakene, ne ovat laumaeläimiä. Mutta jos koko lauma karkaisi. Ei, niin ei saa käydä.

Terho menee leipäkaapille ja pinoaa kolme vaaleaa leipää pöydälle. Pitäisi käydä ruokkimassa elikot. Sekin sydämen valloittanut, jolla on pieni sievä tupsu päälaella korvien välissä. Usein hän on miettinyt laittaa lampaalleen rusetin. Ei ole toteuttanut ajatustaan, kun poikamiehen ompelulaatikossa ei löydy nauhoja. Tai on siellä yksi kullan värinen lahjanauha, mutta se nyt ei sovi lainkaan sydänten murskaajan imagoon. Ei. Ei täällä maalla. Hyi, ajatustakin.

Vinksallaan oleva ovi palaa uudelleen mieleen. Ruuvimeisseli ja vasara pitää ottaa matkaan, hän tuumii ja päättää korjata säpin ja aspin liiton ja saattaa ne alkuperäiseen tehtäväänsä, asentoon, josta ei livetä, säpin nuppi aspin sisään. Ajatus livahtaa astutukseen. Pitäisi tilata pässi kylään. On se homma sekin, karitsojen teko. Teko mukavampi katsoa kuin synnytys.

Terho karistaa ajatuksen mielestään, kun puhelin soi. Kännykän valotaulussa vilkkuu Siirin nimi. Mitä se sisko nyt, mies ajattelee ja päättää olla vastaamatta. Hän poimii leivät paperikassiin, sujauttaa vasaran ja ruuvarin niiden seuraksi ja rientää ovelle. Muovikengät jalkaan ja hatun virkaa tekevä pipo päähän, ja pihalle.

Kostea kevätilma leyhähtää vastaan, kun hän avaa kitisevän pääoven. Tämäkin mokoma naukuu kuin naapurin kissa. Kaikki vinkuu ja naukuu ja kitisee. Joka keväinen

17

riesa ja riita itsensä kanssa siitä, pitäisikö korjata vai eikö pitäisi. Pitäisikö vai eikö pitäisi. Kyllä vai ei, ei vai kyllä.

Lampaatkin jo määkivät, osaavat odottaa tulevaksi. Terho unohtaa kaiken muun. Rakkaat lampaat ja korjausta kaipaava ovi odottavat.

Homeinen leipä

Marketissa on tarjolla leipää halvennettuun hintaan. Puoleen hintaan saatavia Terho olikin kotieläimilleen etsimässä, onhan hänellä kymmenen lammasta ja lampaat tykkäävät leivästä. Erityisesti sekahiivaleipää elikot rakastavat, niinpä mies penkoo kärryn paljoudesta mieleisiään ja löytääkin useita, paperipussiin pakattuina. Ruisleivät ja limput hän ohittaa. Muistaa kyllä, miten Siiri-sisko aina kehui, kuinka hyvä, hieman kovettuneen, rukiisen leivän maku on. – Terveellistä, sisko on vakuutellut. Vaan eivät minun lampaani ruisleivästä tykkää.

"Tästä tuotteesta 50%:n alennus kassalla", kirkui punaoranssi tarra paketin päällä mustin kirjaimin ja numeroin. No näitä sitten, tuumi Terho ja nostelee viisi pussia kärryynsä ja suuntaa sen jälkeen maitokaappia kohti. Mielessä siintelee kuva rasvattomasta piimästä, purkissa, jonka kyljessä on lehmän kuva. Kuvan piirretty nauta muistuttaa häkellyttävästi naapurin vasikkaa, Lumikkia. Terhon mieleen livahtaa ihana muisto, kun vasikka imeskeli pienenä ja vastasyntyneenä hänen sormiaan. Hän oli sattunut poikkeamaan navettaan sen syntymäaamuna. Kieli oli tuntunut karhealta. Märkä suu aluksi hieman pelotti, mutta tuntui pian nautittavalta.

Terho tarttuu maitokaapin ovenkahvaan, avaa miehen korkuisen lasioven ja valitsee metallihyllyltä "Lumikki-piimän". Viisi leipää ja piimäpurkki kärryssä hän astelee juomaosaston läpi. Ostoskärryn etupyörä lonksuu, ei suostu pyörimään. No johan nyt.

– Vetäise takaisin päin ja lykkää kärryä sitten eteenpäin, neuvoo Terho itseään.

Lähdevettä. Vichyä. Hiilihapotettua vettä. Taas lähdevettä, mutta pikkupullossa. Joopa joo, lähdevesi omassa pihalähteessä maistuu kyllä sata kertaa paremmalta, kuin yksikään vesi noissa pulloissa, hän tuumii.

– Lampailleko leipää?

Terho tuntee, miten painava käsi kouraisee häntä olkapäästä. Niin Villen tapaista, pyrkiä iholle. Onneksi on kevät ja ulkoilutakki suojana, ettei sen öljyn tummentaman käden karheus tunnu. Haju kyllä tunkeutuu sieraimiin. Öljyn haju. Sitä Terho inhoaa. Moottoriöljyn haju, yök. Mistähän minulle on tullutkin niin monta inhon kohdetta?

20

– Joo, lampaille, vastaa Terho ja astuu sivuun öljynhajuisen tieltä.

– Meillä korjaamolla oli korjattavana auto, jossa oli etupenkillä tuommoinen leipäpussi, kertoo Ville ja osoittaa Terhon kärryssä olevia leipäpusseja.

– Siinä oli kanssa 50%:n alennustarra. Auton omistaja, niin osamaksullahan se auto taisi olla ostettu, jos oikein muistan, oli unohtunut pussin penkille, kun sillä oli kiire. Taksilla se nainen lähti töihin. Vähän ihmettelin, kun sellainen daami ostaa alennettuhintaista leipää.

– Miksei ostaisi, yrittää Terho kommentoida väliin.

– Iltapäivällä se tuli taksilla, taas, autoaan hakemaan. Kyseli ensimmäisenä leipäänsä. Oli unohtunut. Koko päivän oli harmittanut ja pelännyt, että joku korjaamolla sen varastaa. Eihän korjaamolla ole muita kuin minä. Minäkö muka varastaisin.

– No ethän...., ehtii Terho myönnellä, mutta öljynhajuinen jatkaa, että nainen sitten avattuaan leipäpussin, alkaa kysellä korjaamon lämpötiloista, kosteusprosenteista ja homeitiöistä. Oli lopulta huutanut kurkku suorana, että leipä on homeessa ja vaatinut korvausta omaisuudelleen aiheutuneesta vahingosta.

– Kun se lopulta kysyi korjauksen hintaa, sanoin, että vähennän siitä 75 senttiä, kun se leipä homehtui auton

21

ollessa korjaamolla, myhäilee Ville ja jatkaa, oli helevetin tyytyväinen.

–Ei edes kysynyt normaalia asiakasalennusta, no sai sen 75 senttiä, sanoo Ville ja jättää Terhon ihmettelemään kuulemaansa juomaosaston hyllyjen väliin.

Terho katsoo kärryssä olevia leipäpusseja ja pohtii, toivotaan etteivät nuo heti homehdu.

Hiuskarvan varassa

Terho istuu hajareisin tuvan penkillä ja katselee paljaita varpaitaan. Rumat ovat. Tuskin äiti enää tämmöisiä pussaisi, hän tuumii ja muistelee kuvaa, jossa äiti suukottelee hänen vauvanvarpaitaan. Näitä samoja, lähes viisikymmentä vuotta sitten. Terho nousee seisomaan ja tekee pari venytysliikettä pohkeille. Venytys tuntuu kipeän makealta alaselässä asti. Pakarassa vihlaisee vanha vaiva, iskias.

Paljaat jalat aistivat lattian viileyden ja mies kurkottaa villasukat sukkalaatikosta ja vetäisee ne jalkaansa. Sukat tuntuvat suloisen lämpimiltä, vaikka ovat vanhat ja kuluneet, moneen kertaan parsitut. Itse olen parsinut, hokee Terho ja sormin silittelee sukkien pohjia ja lohduttaa itseään sanomalla puoli ääneen.

– Melkein pärekorikuviota, oli vaan niin ohkasta tuo parsinlanka, ettei osunut aina kohilleen. No saa kelevata, kun on kelevannu tähänki asti.

Siiri-sisko on luvannut jossain välissä kutoa uudet villasukat, oli kuvaillut niitä vangin sukiksi, kun niihin tulee mustavalkoisia raitoja.

Karvaiset nilkat piiloutuvat parsittujen sukkien sukanvarsiin ja viileä lattia tuntuu mukavammalta. Talo on vanha ja lautalattioiden alla vanhan ajan täyte, sahanpurut.

Nämäkin sukat ovat villaa ja Siiri-siskon joululahjaksi tekemät. Nyt se Siiri hamuaa hänen lampaittensa villoja. Kertoi, että aikoo niistä itse kehrätä lankaa, kunhan ensin käy villan käsittelyn kurssin opistolla.

Terhon hiukset roikkuvat vapaina, ne ovat pitkät, lähes kuin rokkarilla ja hieman likaiset. Ne rasvoittuvat nopeasti, ovat kampaamattomat ja takkuiset. Nykyään ei ole muodikasta kammata hiuksia. Geeliä lykkää tukkaansa melkein joka äijä, vähän kuin ennen vanhaan, jolloin isä pani tukkaansa Brylgremiä.

Terho muistelee, että isä oli osuuskaupassa töissä ja tarkka ulkonäöstään. Jakaus hiuksissa oli säntillisen suora ja aina prikulleen samalla paikalla. Niin se on vielä nytkin, vanhana pappana, taskukamman uskollinen käyttäjä. Terho ei kampoja käytä, sormin sukii tarvittaessa

24

piikkisuorat kutrit otsalta. Siitä on tullut tapa ja hän oikoo hiuksia kohdilleen usein tarpeettomastikin, välillä niskaa heittäen. Kaljuaan hän ei itse näe, eikä sitä osaa peittää, mikä lisää vieraan näkemänä epäsiisteyden vaikutelmaa.

Pitää hakea pottuja kellarista, jupisee Terho itsekseen. Hän on yksin asuessa tottunut yksin puhelemaan ja vastaamaan kysymyksiin. Saapa ainakin vastauksen.

Keittiöstä kaapattu alumiinikattila kourassaan hän kapuaa kellarin raput alas ja tarttuu rivakalla otteella perunasäkkiin. Poimii muutaman muhkean kokoisen potun kattilaansa ja kiirehtii takaisin keittiöön. Keitänkö kuoripottuja vai kuorinko. Hetken hän arpoo vaihtoehtojen välillä ja päätyy kuorineen keittämiseen.

Perunat kolahtelevat pesualtaaseen. Terho huuhtelee kattilan ja laskee sen puolilleen vettä. Sitten hän ryhtyy harjaamaan perunoita juoksevan veden alla. Mitä tuhlausta, hän muistuttaa itseään. No kaivossa riittäisi vettä, sen hän on vuosien kuluessa tullut huomaamaan. On hyvä hiekkaharju lähellä ja se suodattaa hyvin kaivoon vettä.

Pian perunat kelluvat kattilassa ja vesi kihisee, kun se lämpiää. Vähitellen vesi alkaa höyrytä ja lopulta kiehua. Terho tuijottaa kuplivaa vettä, kun perunat alkavat pomppia. Unohdin suolan, hän toteaa itselleen ja heittää muutaman hippusen merisuolaa kattilaan. Se on ainoa mauste poikamiehen maustevalikoimassa.

Äkkiä näkökenttään ilmestyy musta piste, se liukuu alemmas höyryävän kattilan yläpuolella roikkuvista hiuksista. – Ei hemmetti, tuumaa Terho. Hämähäkki!

Vaistomaisesti hän heilauttaa kättään ja lukki saa pikaisen ilmalennon permannolle.

– Hölmö hämähäkki, henkesi lähtö oli hiuskarvan varassa! Olisi ollut tuskainen lähtö pottukattilassa. Nyt voit jatkaa verkkojesi kutomista.

Kissa ikkunalla

Mustavalkoinen kissa kurkkii ikkunalla, kun Terho kävelee Miettiskän talon ohi. Kissa köyristää selkäänsä ja oikoo tassujaan. Sen häntä sojottaa pystyssä. Terho näkee kuinka kissa asettuu kerälle ikkunalaudalle, punaisena kukkivan pelargonian viereen. – Ehkä se kehrää tyytyväisenä, arvelee Terho. Siinä se on ollut ikkunalla usein, kun hän on ohittanut talon.

Terho muistaa miten Miettiskä eräänä keväisenä päivänä oli huhuillut kissaansa ulkona. Taisi kutsua sitä Viliksi. Kyllä, kyllä vaan. Vili, se oli oivallinen nimi tuolle katille.
   –Vili, missä olet, tule maitotilkalle! oli Miettiskä kutsunut kissaansa ja jatkanut, Viivi on jo sisällä. Tule, tule jo! Kutsuhuudot kuultuaan Terho päätteli, että Miettiskällä oli kaksi kissaa. Niin kuin olikin.

Kylällä joku ticsi kertoa, että Miettiskän kissat ovat oivallisia saalistajia. Taloon kuulemma syksyisin pyrki hiiriä ja kesällä tuuletushormin kautta ampiaisia ja jopa lintuja. Ne rapistelivat ja pörräsivät lattialankkujen alla ja hormeissa, kun matkasivat siellä olevia reittejään. Vanhassa talossa

27

eristeet ovat vuosikymmenten takaista rahkasammalta ja sanomalehtiäkin on seinien eristykseksi käytetty. Siellä hiirillä on mukavat reitit remuta.

Kerran sitten joku rapistelija oli uskaltautunut leivinuunin sisäpuolelle ja kissat olivat oitis paikalla. Ne olivat kuunnelleet korva tarkkana ääniä ja Miettiskä oli seuraillut niiden touhuja, kunnes hänenkin uteliaisuutensa leivinuunia vahtivien kissojen kohteeseen virisi. Aikansa kuunneltuaan hän sai paikannettua äänet ilmastointihormiin.

Miettiskä oli kyyristynyt luukun eteen polvilleen lattialle ja tarttunut pyöreän kannen kahvaan. Ja hupsista, hormista pyrähti tupaan lintu. Se oli ilmeisesti eksynyt hormiin katolla olevan piipun kautta.

Vili-kissa oli reagoinut salamana tupaan tulleeseen lentävään vieraaseen ja napannut sen kynsiinsä niin että höyhenet vaan pöllysivät. Lintu suussaan se pakeni saman tien viereiseen makuuhuoneeseen ja piti saalistaan tiukasti otteessaan, kunnes alkoi leikitellä sillä, näin Miettiskä asiaa oli kertoillut. Viivi oli tullut myös uteliaana paikalle ja olisi halunnut osansa leikistä, mutta Vili oli alkanut sähistä uhkaavasti kuin kertoakseen, että saalis oli sen.

– Taitaa olla melkoinen peto tuokin kissa, tuumii Terho tapansa mukaan puoliksi mumisten ja jatkaa yksinäistä matkaansa hiekkaisella tiellä. Hän muistaa, miten lapsena hänellä oli ollut Mikko-niminen kissa. Se oli leikkisä maatiaiskissa, jolle annettiin kermaista, juuri lypsettyä maitoa. Äiti

28

piti huolen, että sillä oli joka päivä tuore maitoannos kipossa karjatuvassa, navetan eteisessä. Siellä Mikko viihtyi hyvin ja sitten nukkui lehmien kanssa navetan puolella. Heinäkasat olivat mainio paikka lepäillä ja nukkua.

Mikko oli navettakissa ja piti huolen siitä, etteivät hiiret ja rotat mellastaneet lehmien tiloissa. Se oli väriltään harmaan kirjava. Tyypillinen maalaiskissa. Tai ei ihan tyypillinen.

Terho muistaa hiihtoretkensä. Kun hän puki päälleen ulkovaatteet ja pani monot jalkoihin, oli Mikko välittömästi paikalla. Ja astellessaan suksien ja sauvojen luo, oli kissa oitis kyhnyttämässä itseään hänen säärtään vasten. Saatuaan sukset jalkaan, Mikko loikkasi olkapäälle.

– Siellä me sitten peltolatua pitkin viiletettiin Mikon kanssa, lausahtaa Terho ja katsoo taakseen Miettiskän kodin akkunoihin.

Kissan mukana olo hiihtoretkillä ei aina ollut herkkua, sillä sen kynnet upposivat mielihyvästä sarkatakin toppausten läpi aina ihoon saakka.

Terhon mielikuviin ponnahtaa eräs leikkikerta kotona sisällä, jolloin hän maanitteli Mikkoa hetekan alta. Lykkäsi kätensä kissan piilopaikkaan. Se varmaankin luuli käden liikettä leikiksi ja tarrasi kynnellä Terhon keskisormeen ja veti koko voimallaan itseään kohti. Silloin näkyi salamoita ja kipu pusersi silmiin kyyneleet.

Monetia Massikalla

Terhon traktori seisoo lampolan edessä. Punainen väri on vuosien saatossa tummunut lian alle. Hytin ikkunoita ei ole pesty vuosiin. Ei se ole Terhoa häirinnyt. Massikka yskii yksin paikallaan, polttoaineen syötössä lienee jotain vikaa. Terho on räplännyt teknistä työkaveriaan lähes viikottain ja saanut sen pysymään jonkinlaisessa kunnossa. Naapurit pyytävät häntä usein apuun, milloin milläkin syyllä tai syystä. Onneksi on Massikka.

Talvella eräskin hunsvotti oli kaahaillut kylätietä ja puskenut Ladansa syvälle lumipenkkaan. Sitä sitten piti Massikalla hinata. Olihan se auto sieltä ojasta saatu ylös kohtuu ajassa, mutta hyvällä hän ei muista autetun kiittämättömyyttä, autettu kun oli lähtiessä tokaissut:

– Pidä saatana nää tiet paremmin aurattuna, ettei tarvii ojanpohjia sun takias kyntää.

Terho ei hämmästykseltään saanut mitään sanotuksi vaan tuijotti suu auki mutkan taakse katoavan Ladan perävaloja. – Että semmonen tapaus, hän oli tuuminut.

Paksu köysi roikkuu aina valmiina lampolan seinällä ja sitä katsellessa avautuu muistilokeroista monta muutakin käyttötarkoitusta. Kerrankin isoa pihakuusta kaataessa köydestä oli ollut suuri apu. Terho oli kiivennyt kuuseen ja kiinnittänyt köyden korkealle rungon ympäri ja toisen pään traktorin perään. Sitten naapuri oli ryhtynyt sahaamaan puuta poikki ja Terho samaan aikaan veti puuta kaatumaan pellolle päin, ettei puu rojahtaisi navettarakennuksen päälle. Homma meni niin sanotusti nappiin. Puu kaatui suunniteltuun suuntaan ja sitä päästiin työstämään.

Urakkaan oli sovittu oksien katkominen ja rungon sahaus polttopuiden mittaan, noin kolmenkymmenen senttimetrin pituisiksi. Naapuri oli kertonut tarvitsevansa puita leivinuunin lämmitykseen. Pilkkoisi pätkät klapeiksi itse. Terho oli tehnyt työtä käskettyä ja muistelee yhä huvittuneena ja kiitollisuudella saamaansa palkkiota. Monet-pullo on koristeena tuvan kaapin päällä. On siellä, vaikka konjakki on tyhjennetty jo aikoja sitten.

Hyvät humalat siitä sai, muistelee Terho ja naurahtaa hetkiä konjakkihumalassa naapurin rantasaunalla. Siellä oli ollut isännän ja tämän aikamiespojan lisäksi pari muutakin äijää ja siinä sitten kelteisillään istuttiin saunan edessä penkillä ja puhuttiin lopulta melko levottomia naisista ja kokemuksista. Terhoa aihe aluksi hieman ujostutti, kun kokemukset naisten kanssa pelaamisesta olivat jääneet kovin vähiin. Vain Reetta oli hänen sydämensä pannut tykyttämään. Siirin hyvä ystävä Marikin oli käynyt muutaman kerran iltaa istumassa hänen luonaan, mutta ei hän tuntenut minkäänlaista vetoa tämän suuntaan.

Terho oli kuunnellut seurueen seikkailuja kaupungissa ja suuresti hämmästynyt, kun puun kaatoon pyytänyt pyylevä naapuri rehvasteli käyneensä ilotytön kanssa läheisen kaupungin sataman edessä olevilla kallioilla yöllisellä panoretkellä.

– Älä poika tästä äidille puhu, huomautti isäntä pojalleen.

Mehukkaat yksityiskohdat saivat Terhon punastumaan ja mielessään hän päätti, ettei puhuisi omista kokemuksistaan mitään, ei niissä ollut mitään kerrottavaa.

Saunan lauteilla äijät nauraa höröttivät ja jatkoivat jutusteluaan arvuuttelemalla toistensa vehkeiden kokoa. Se oli Terholle liikaa ja hän poistui kiireesti pukeutumaan ja huikkasi oven raosta lähtevänsä kotiin. Piti elikot ehtiä ruokkimaan vielä. Lähtiessä hän otti Monet-pullon matkaansa ja päätti, että juo loput itse.

Kävellessä kotitietä Terho mietti Reettaa, nuoruuden ihastustaan ja pohti missä tämä mahtoi olla. Reetta oli ollut mukavan pyöreä, naisellinen ja silmille ilo. Nainen hänen makuunsa. Ihokin sillä oli niin kuulas, melkein valkea ja naamassa oli ollut pisamia. Taisi olla punahiuksiselle tyypillistä, mietti Terho.

Lampaat määkivät Terhon tervetulleeksi kotiin.

Yöllä Terho herää, kun ikkunaan koputetaan. Kesäyön hämärä ei ole pimeää, joten varjokuva ikkunan takana oli mieheksi tunnistettavissa. – Kukahan siellä tähän aikaan, ehti Terho jupista itsekseen, kun kuulee tutuksi tulleen isännän ääneen huutavan:

– Tuu saatana auttamaan, karjuu tulija.

Terho kömpii akkunaan, siirtää repaleisen verhon syrjään ja avaa sivuikkunan. Naapuri tarraa ruudun puitteeseen ja toinen iso koura huitoo hyttysiä pois iholta.

– Mikä sulla on hätänä, kysyy Terho, tulen pihalle, oota hetki.

Ikkuna jää auki, Terho kaappaa päällyshousut ylleen tuolin karmilta ja kiiruhtaa ovelle. Porstuassa hän sujauttaa jalkansa kumisaappaisiinsa ja vääntää oven auki. Viileä yöilma toistaa ikkunassa koetun viileän tervehdyksensä, kun hän astuu rappusille. Ulkona häntä odottaa yllätys.

Naapurin isäntä seisoo ilkialastomana ja nolona seinän vieressä, toinen käsi jalkovälissä olevan sukuelimen peittona. Edessä on melkoinen karvaturri, on rintakarvaa, partaa, selkä-, reisi- ja säärikarvaa. Iän myötä korviinkin näkyy tulleen pehkot. Kämmenselätkin kuin apinalla.

Mies kertoo surkeana, että ryyppyilta meni vähän överiksi, kaverit olivat piilottaneet hänen vaatteensa ja häipyneet veneellä vastarannalle. Tämä jekku ei kuulemma ollut ensi kertaa äijien käytössä. Kun vaatteita ei saunalta löytynyt, hänen ei auttanut muu, kuin tulla pyytämään Terholta apua. Kotiin ei uskaltanut mennä ilman kuteita ja änkyräkännissä. Emäntä voisi antaa kunnon korvatillikan epäsiveellisyydestä, se on uskovainen ja kaikkea alastomuutta vastaan. Jopa saunassa akka on ollut häpeilevä ja piilotellut itseään pyyhkeen taa. Ihme kun yksi lapsi sentään aikanaan saatiin aikaan. No melkoinen vätys se, nyt jo aikamiespoika, on.

Ei ole vielä löytänyt paikkaansa yhteiskunnassa, tilittää pihalla seisova.

– Auta nyt hyvä mies, hän pyytää jotain ruumiin peitoksi.

Terho käännähtää kantapäillään ja rientää ikämiehen lyhentynein askelin tupaansa ja avaa vaatekaapin, noukkii verkkaiseen tapaansa sieltä paidan ja alushousut ja mustanpuhuvat työhousunsa ja kiikuttaa ne kainalossaan ulko-ovelle ja sanoo:

– Tule nyt hyvä mies sisälle pukeutumaan. Tarviitko kengät lainaan vai avojaloinko sipaiset kotiin.

Kohtaaminen hirven kanssa

– Panehan ne vehkeet piiloon, komentaa äkäinen ohikulkija, kun Terho kusta lorottaa tien varressa. Olis tuossa metsääkin ollut mihin voisi mennä pois näkyviltä. – Pittääkö sitä noin julkeasti kuseksia?

Hieman nolona Terho ahtaa kalunsa sepaluksesta housujen sisäpuolella ja murahtaa: – Anteeksi, en huomannut, että täällä on muitakin kulkijoita, oli niin makea satsi teenkeltaista ulos pyrkimässä, että oli päästävä kastelemaan ojan pieltä. Ikämiehen tankki ei pidättele.... vaikka ikää onkin vajaa puolensataa vuotta.

Terho hörähtää tavanomaisen naurahduksensa ja lähtee kävelemään tietä eteenpäin kuin mitään ei olisi tapahtunutkaan ja kommentoija jatkaa matkaansa tuhisten toiseen suuntaan.

Terho pohtii vuodenaikojen kulkua ja silmittelee metsässä kasvavia kuusia, niissä näkyy olevan runsaasti käpyjä. On siinä taas oraville hommia. Käpytikkakin pääsee nakuttamaan hätätilanteessa, jos männynkäpyjä ei ole tarjolla.

Luonnon tarkkailu on Terhon lempipuuhia. Erityisen iloinen hän on eläinten kohtaamisista.

Vieläkin sydäntä lämmittää hirvenvasan kanssa jutustelu. Se tapahtui edellisenä kesänä paikallisella suometsällä ja aivan yllättäen. Nuori naarashirvi oli mennä rytistellyt suuntaan, johon Terhokin ja peltoalueen lähestyessä elukka oli päättänyt seisahtaa. Ilmeisesti se vaistosi vaaran. Edessä oli avoin peltoaukea ja sen takana valtatie, ne muodostivat eläimellekin uhan. Isohko eläin on helppo huomata avarassa maastossa.

Terho saavutti eläimen metsäpolulla seisahtaneena ja alkoi lempeästi jutella sille.

– Oletpa sinä komea.

– Mihin olet menossa?

– Minä olen menossa tuonne, hän oli sanonut hirvelle tämän katsellessa ilmeettömin silmin ja osoittanut sormella kohden peltoaukeaa.

Terho oli etsinyt suojaa läheisen männyn kupeesta samalla kaivaen kännykkää taskustaan kuvan ottamista varten.

Hirvi seisoi tukevasti paikallaan ja oli tarkkaillut häntä, sitten se kääntyi varoen tulosuuntaansa, jolloin Terho muistaa todenneensa: – Mene sinä takaisin sinne, tulosuuntaasi, minä jatkan tuonne pellon suuntaan.

Yllättäen hän oli tuntenut yhteyden eläimen ja itsensä välillä.

– Oletpa sinä tosiaan komea.

Samalla hän sai napattua pari kuvaa komeasta otuksesta, vaikka se oli osittain piilossa pihlajanoksien lomassa.

Tovin tuumattuaan, hirvi kääntyi kokonaan tulosuuntaansa ja lähti askeltamaan kohti kuusikkoa, josta se hetki sitten oli saapunut peltojen ja metsäalueen reunaan. Terho oli katsonut mielihyvän tuntein hirven poistumista ja miten se katosi nopeasti puiden joukkoon.

Metsäretki, jonka tarkoituksensa oli tarkistaa sienitilanne, oli saanut yllättävän ikimuistoisen sisällön. Edellisenä kesänä tässä samalla paikalla oli ollut muhkea määrä rouskuja, nyt hirvieläin jäi pysyvästi muistoihin tästä paikasta. Ikuisesti.

Laihduttamista

Paikallislehti makaa keittiön pöydällä. Sen vieressä höyryää kupissa musta kahvi. Kärpänen surraa vaativasti ja etsii laskeutumispaikkaa. Se tavoittaa Terhon juuri valmiiksi voidellun voileivän, laskeutuu sille ja ahnaasti maistelee aitoa voita kaikessa rauhassa. Läps! Kärpäslätkä nasahtaa ja liiskaa kärpäsen leivän reunalle.

– No se oli sun loppus, toteaa Terho, pistää lätkän sivuun ja tarttuu paikallislehteen leväyttäen sen täyteen aukeuteensa. Pääkirjoitussivulla höpistään jotain rasvamaksasta ja uusista hoidoista, ruokavalion merkityksestä. Terho kohauttaa olkapäitään ja toteaa mielessään, ettei ymmärrä tätä jatkuvaa kilojen puntarointia ja ihannelaihuuden ylistystä. Hän kääntää sivua ja kohtaa paikallisen apteekin mainoksen, jossa ylistetään ruokaan sekoitettavaa dieettijauhetta.

– No johan on teemanumero, hän mumisee, seuraavaksi varmaan kuntosalimainoksia ja juoksuharjoitteita. Hän kääntää aukeamalle, joilla ovat sivut kuusi ja seitsemän. Räikyvä otsikko kuuluttaa SEITSEMÄÄ KONSTIA KE-VEYTEEN.

– Nyt riittää, menen paskalle.

Terho ähisee vessan pöntöllä omaan estottomaan tyyliinsä ja rykäisee joka aamuisen satsin tummaa pöntön täytteeksi. Pyyhkäisee takapuolensa, nousee ja nostaa housunsa. Painallus pöntön napista ja vesi kohisee altaaseen ja ähelletty satsi katoaa viemäriin.

– Tuli käytettyä yhtä konstia kevennykseen, hymähtää Terho, kelpaiskohan tämä seuraavan teemanumeron juttuaiheeksi, naureskelee mies.

– Pian on sakokaivon tyhjennyskin tilattava. Se on mukava heppu se loka-auton kuljettaja. Viimeksikin juteltiin pitkään. Sen hommat ei lopu, maailmassa paskaa riittää.

Terho palaa takaisin keittiöön ja lehtensä äärelle. Hän selailee sitä vähemmän kiinnostuneena ja lopuksi viikkaa lehden alkuperäiseen leveyteensä. Hän ei tule kiinnittäneeksi huomiota etusivulla olevaan poikkeukselliseen kuulutukseen.

Keskipäivällä puhelin pirahtaa soimaan ja ääni toistuu tovin ennen kuin Terho ehtii vastaamaan. Hän pyyhkii kätensä housujensa lahkeisiin ja astioiden pesuaineen vaahto kimmeltää kaikissa sateenkaaren väreissä hajoavan kuplan päällä. Luurista kuuluu naisääni, joka kysyy, onko puhelimessa Terho Tarmo Tobias Tyrnävä.

– On, sanoo Terho tömäkästi.

– No hienoa, sanoo ääni toisessa päässä ja jatkaa, teillehän tulee paikallislehti, eikö totta.

– Joo, niin tulee….

– Siinä oli etusivulla kuulutus, jossa etsitään yksin asuvaa mieshenkilöä, sanoo soittaja.

– Jaa, enpä huomannut.

– Etsimme Teitä Terho Tarmo Tobias, sanoo soittaja, sillä olette voittanut päävoiton, pääsyn laihduttajakisaan.

– Mitä? Enhän minä ole osallistunut mihinkään kisaan..

–Voi kyllä olette, eilen tehdyssä arvonnassa nimellänne oleva arvontalappu nostettiin. Onneksi olkoon!

– No johan nyt, en oo kyllä osallistunut mihinkään….

– Kyllä te olette, sanoo nainen nyt jo kipakammin.

– Mikä kilpailu se sitten oli?

– SEITSEMÄN KONSTIA KEVEYTEEN! Aivan uusi keino saada pysyviä tuloksia painonhallinnassa.

– Jaa. No minulla on kyllä omat konstit, sanoo Terho.

– Mitähän ne mahtavat olla? tiedustelee soittaja.

– Äsken just kevensin, sanoo Terho ja koiruus iskee mieleen. Hän kuulee soittajan kysyvän: –Miten?

41

– Kävin paskalla, sanoo Terho ja sulkee puhelimen.

Terho miettii puhelua, aamulla lukemaansa paikallislehteä ja päättää tutkia sen vielä kertaalleen. Todellakin, etusivulla on kuulutus, jossa etsitään painonhallintakisan voittajaa. Se on onnitteluilmoitus, josta puuttuu voittajan nimi.

– Ja se olen minä!

Siirin autokuski

S iiri istuu tanakasti Terhon keittiön pöydän ääressä ja
silmittelee miehen keittiövaltakuntaa. Yleisilme
poikkeaa suuresti hänen keittiöstään ja häntä ihme-
tyttää suuresti veljensä sottaisuus, joka tuntuu istuvan hy-
vin miljööseen, jopa niin hyvin, että tuntuu kodikkaalta.

– Se olis kaupunkiin lähtö edessä, sanoo Siiri, joka on
tullut Terhon luo vonkaamaan miestä autokuskiksi, hyvin
tietäen, ettei se ollut velipojan suosikkipuuhaa. Kyllä se
traktoria ajoi, mutta auton rattiin hän oli kovin vastentah-
toinen.

Terho oli ajanut ajokortin vasta yli kolmekymppisenä, kun
vanhemmat olivat kuolleet ja tuli selväksi, että jäisi lopulli-
sesti asumaan maalle. Traktoria hän oli kotitilalla ajellut il-
man korttia ja se oli ollut hyvää osaamista ja pohjaa auto-
koulussa.

Oppituntien aikana hän huomasi, etteivät hänen aiemmin käyttämänsä ajotavat kaikilta osin olleet liikennesääntöjen näkökulmasta parhaat mahdolliset, mutta hyvin se traktori oli pellolla kulkenut ilman korttiakin. Auton käsittely tuntui aluksi heppoiselta ja kovin vähän voimaa vaativalta. Pian hän kuitenkin sai pers'tuntuman ajokkiin ja autokoulun opettajana toimiva vanhempi naishenkilö äityi jopa kiittelemään Terhon ajotaidon kehitystä. Kun sitten inssiin asti päästiin, opettaja totesi inssille ajoon lähtiessä:

– Saat sitten hyvää ja tasasta kyytiä.

Terho oli pannut myhäillen merkille kommentin ja keskittyi ajamaan tarkasti ohjeiden mukaan.

– Käänny sitten tuolta suoran keskipaikkeilta vasemmalle, oli ajoinsinööri sanonut ja Terho keskittyi, hidasti vauhtia ja pani vilkun päälle. Pihaan kääntyminen oli helppoa ja juuri kun hän pääsi pihatielle, paikallisliikenteen bussi vilahti takapeilissä.

– Muuten meni hyvin, mutta olisit voinut odottaa edestä tulevan bussin ohituksen, meni hieman tiukille, sanoi inssi.

– Se oli ainoa virhe. Muuten meni ihan nappiin.

Siiri tuntee sieraimissaan vasta valmistuneen kahvin tuoksun. Terhon kahvinkeitin on ruplutellut jo tovin ennen tuolille istumista. – Hyvät kahvit Terho yleensä keitti, ajatteli Siiri ja kysyi, olisiko mitään pullaa tarjolla.

Velipojalla ei yleensä ollut tuoretta pullaa, niin kuin ei ollut nytkään, mutta kaapissa oli yleensä vakiovarastona sokerikorppuja. Niiden osto oli vanhemmilta opittu tapa pitää hätävarana edes jotain persoja kahvivieraita varten.

– On siellä korppuja, vastasi Terho. Kyllä sinä sen tiedät. Mihinkä sinä siellä kaupungissa tällä kertaa haluat mennä?

– Apteekkiin nyt ensin, sanoo Siiri.

– No sehän sattui hyvin, minullakin on apteekkiin asiaa, nyt kun kerroit. Pitää ostaa laastaria.

– Saahan laastaria marketistakin, toteaa Siiri-sisko.

– Kyllä kyllä, mutta tuleepa samalla käynnillä sekin, kun taas pittää sinne vilinään autolla mennä. Ois menty traktorilla, se olis ollut paljon mukavampi….

– Mitä vielä, osaat autoa ajaa, niin saat ajaa, niinhän siitä sovittiin jo vuosia sitten, kun kortin hankit ja minun ajokyni ovat mitä ovat.

– Joo joo, kunhan nyt totesin. On se Massikka kumminkin parempi vehje, parkkitilaa löytyy eikä kukkaan tuu kolhimaan sen kylkiä, kuten sun autoas.

– No asioilla on puolensa, sanoo sisko, en viitsis siellä kaupungissa aina tätä maalaisuuttamme korostaa.

Massikan kyydissä siinä suorastaan huutaa olevansa tien tukkona ja maalaisprinsessa. On näitä huomautteluja kuultu.

– Yksikin totesi, että tyttö taitaa olla poiminnassa suoraan lantakuorman päältä, kun traktorilla näytille tuodaan ja nauroi paskaset naurut päälle, toteaa Siiri.

– Sinä se et huomannut mitään, vaikka ilkkui nokan edessä, olit niin keskittynyt ajamiseesi.

– No pitää sitä olla maineensa väärti ja ajaa tasasesti, kun se autokoulun opettajakin taitojani kehui, puolustautuu Terho.

Siiri tietää hyvin veljensä ajotaidot, tasaista sen kyyti on ja ajaa tarkasti liikennesääntöjen mukaan. Ei ikinä uskoisi, kun katsoo hörökorvaista pitkälettiä kaljuineen, risupartoineen ja aurinkolippoineen. Hän muistaa kuinka he eräänä kesänä olivat ajaneet Itä-Suomeen ja kyydissä oli ollut Mari, hänen hyvä ystävänsä. Mari oli perille tultua tokaissut:

– Ihan kun taksissa olis istunut, niin oli hyvää kyyti.

Terho katsoo pihalla kököttävää henkilöautoa ja mielessään sadattelee ajamiseen liittyviä hankaluuksia. Hänen isot kenkänsä nipin napin mahtuvat kuskin jalkatilaan ja osuvat polkimille. On hän sitä kuskin penkkiä moneen asentoon asetellut, mutta todennut hankalaksi. Tilaa vähän ja istuin niin matalalla, ettei tietä kunnolla näe. Selkävaivaiselle ylös nousu autosta on vaatii melkoista akrobatiaa. Autoon asennetut kahvat eivät tarjoa oikeastaan mitään apua. Eihän se Siiri sellaisia mieti, kun on tottunut istumaan vieressä.

Toista se oli Massikassa, jossa istuessa on kuin kuningas valtaistuimella. Näkee kauas ja kaiken.

Terho kantaa kahvikupit pöytään ja kaataa kahvia kuppeihin. Tarjottimella on kaksi sokerikorpun palaa.

Pelireissulla

Traktori seisoo taas lähtövalmiina. Terho ei ole tänään kovin virkeällä tuulella, tuli illalla valvottua ja katsottua jääkiekkoa. Suomi pelasi Tsekkejä vastaan. Pelasi. Lätkä oli liukunut aina vaan väärään maaliin, ei siihen, johon Terho sen olisi halunnut. Tappio siitä lopulta kehkeytyi. Suomi oli surkea. Tällä, tälläkin kertaa.

Terhon ajatukset livahtavat vuosikymmenten taakse ja hetkeen, jolloin hän ensimmäisen kerran meni lätkämatsiin. Pääkaupungin jäähalli oli suuri kokemus maalaismiehen elämässä. Niin tai poikanenhan hän silloin vielä oli.

Halli oli täynnä innokkaita jääkiekkofaneja. Hänellä oli Lippupalvelusta ostettu istumapaikka varsin hyvällä paikalla keskiympyrän kohdalla, tuomariaition takana. Terho oli ollut tyytyväinen ja jännittynyt. Eka matsi alkaisi pian. Odotellessaan hän katseli hallin yleisilmettä ja huomasi ison kotimaisen yrityksen mainoksen. "Lätkässä jääkiekkoon", julisti suurikokoinen sininen lakana kaukalon koko päädyn leveydeltä. – Aika hyvin keksitty, muistaa Terho edelleen kehuneensa iskulausetta vieressään istuvalle pönäkälle naisihmiselle, joka oli pukenut ylleen jääkiekkomaajoukkueen paidan. Kiva paita, ajatteli Terho ja samalla päätti, että käy väliajalla katsomassa, josko saisi ostettua itselleen samanlaisen.

–Paljonko maksoit tuosta paidasta, hän kysyy daamilta vieressään.

– En mitään, sain lahjaksi, toteaa nainen. Entinen kundikaveri sen luokseni unohti, kun lähti toisen naisen matkaan tässä talvella. Vituttaa vieläkin sen häipyminen. Kävi kuitenkin tuuri, sain ilmaisen paidan.

– Olipa tuuri tosiaan, sanoo Terho ja jatkaa, että miten se kaveri noin napakan neidon jätti. Ei sillä, etteikö näin elämässä käydä saisi, jos ei homma pelaa. No siitä minä en mitään tiedä.

– Mistä päin olet tänne pääkaupunkiin tullut?

– Tuolta läänin rajojen toiselta puolelta. Junalla tulin, kun se on helpoin tapa tänne ruuhkaiseen kaupunkiin. Pasilassa jäin pois ja kävelin tänne jäähallille radanvarsitietä. Oli ihan hyvä reitti, siitä Shellin ohi kävelin. Joku kertoi, että siellä olisi hyvät munkkipossukahvit, en käynyt.

– Ai jaa, enpä ole kuullut, sanoo nainen yllättyneenä.

– Asun tuolla itäpuolella Hesaa, Kontulassa. Onneksi en Jakomäessä. Olen ihan riittävästi kuullut kettuiluista siellä asuville naisille. Jakolinja. Äijät kuolaa ja luulee heti saavansa, kun kertoo asuvansa Jakomäessä, sanoi työkaverini, nainen Jakomäestä.

– Jaa mitä ne luulee saavansa, kysyy Terho poikamiehen tyhmyydellä.

– Pilluahan ne kaikki….

– Ahaa, tokaisee Terho nopeasti ja tuntee punastuvansa korviaan myöten.

– Niin, niin tietysti. No niin, josko tuo paita nyt kumminkin on mieleinen. Hyvän paidan eksä sulle jätti, kehuu Terho.

– Joo ja vittumaisen fiiliksen.

– No kyllä se siitä.

– Joo joo, kyllä kyllä, toteaa nainen ja kysyy, millä nimellä se läänin rajojen takaa tullut kävelee.

– Terho, Terhohan minä, sanoo mies ja sipaisee kourallaan kaljua päälakeaan.

Hän oli vähällä lausua kaikki nimensä, mutta päätti viime hetkellä tyytyä etunimeen. – No millä nimellä sinua kutsutaan, kysyy Terho.

– Jääkukka. Äiti on ihastunut kaikkiin kukka-aiheisiin nimiin ja niin minusta tuli isän toivomuksesta Jääkukka.

Nimeen äiti ja isä päätyivät isän innostuksesta jääkiekkoon, oli saanut äidinkin kentän laidalle lukuisat kerrat ennen syntymääni. –Vae että Jiäkukka, lipsauttaa Terho vahingossa lapsuusmurteellaan. Jiäkukka.

Väliajalla Terho rientää aulaan ja etsiytyy pelipaitojen myyntitiskille.

Ostosmatka

Matka pääkaupunkiin sisälsi pakollisen poikkeamisen eräkaupassa. Siiri-sisko oli pyytänyt hakemaan ruokailupakin, sellaisen, jota armeijassa pojat käyttävät. Sisko oli innoissaan kertonut tarvitsevansa pakin lisäksi hyttysverkolla varustetun hatun. Oli perustellut tarvetta marjaretkillä, joita kesäisin teki. Olisi kuulemma jälleen kerättävä sata litraa mustikoita talven varalle.

Terho suunnisti eräkauppaan kaupungin keskustan läpi kävellen. Hän hämmästeli kaupungin kiirettä ympärillään. Autot huristivat jonoissa, raitiovaunut kolistelivat kiskoillaan, polkupyörillekin oli omat kaistansa ja jalankulkijoiden piti siinä seassa selvitä kukin, miten kykeni.

Vartin etsinnän jälkeen hän löysi eräliikkeen. Kaupan ovella tuuli tarttui Terhon aurinkolippaan ja kieputti pitkiksi valahtaneita hiuksia ristiin rastiin. Seassa kalju vilahteli tuttuun tapaan. Lippa pysyi kuitenkin päässä, kun Terho ehti napata sen reunasta kiinni.

Terho kävi kiinni liikkeen oven kahvaan ja työnsi sisäänpäin aukeavan oven auki. Vastaan pelmahti kankaiden ja muovien uutuuden haju.

Terho nuuhkaisee nautinnollisesti ja mieleen palaa lapsuuden kauppareissu kirkolle äidin mukana. Hän oli silloin toisella luokalla koulussa. Ujo ja hintelä poika, jolla oli länkisääret jo tuolloin. Joku koulussa oli ilkkunut hänen sääriään ja todennut: – Oletko Terho hevosen kaulassa roikkunut, kun on jäänyt länget housuihin?

Koulukiusaaminen oli lähes päivittäistä. Vaatteistaankin hän oli saanut usein kuulla arvostelua.

Yläluokilla olevat pojat pitivät Terhon mielen jännityksessä ja olemuksen pelokkaana. Aina useamman pojan ryhmän havaitessa, hän oli etsinyt itselleen kiertoreitin kaiken varalta.

Vaatekaupassa sitten kokeiltiin useita teryleenihousuja moneen kertaan. Äiti oli vaatinut riisumaan vanhat risat housut, joissa oli useampi paikka polvien kohdalla. Housut hän heitti ryttyyn pukukopin tuolille ja seisoi sitten flanelliset alushousut lököttäen pukukopin edessä myyjän ja äidin kopeloitavana.

Lopulta löytyi sopivat housut, joiden lahkeita pitäisi lyhentää. Uudet housut olivat tummanruskeat ja melko väljää mallia. Äiti oli todennut kaupan tädille, että piti olla kasvuvaraa.

Sitten äiti oli jatkanut jutteluaan kaupan tädin kanssa ja saanut neuvoja lahkeiden lyhentämiseen, niinpä niin. Äidin saituus oli iskenyt peliin, ei raaskinut maksaa myyjälle housujen lyhentämisestä.

Äiti ei ollut kovin taitava käsityöihminen. Myyjälle hän kertoi, että lahkeiden lyhentämisen hän tekisi harsimalla lahkeiden suista kolme senttimetriä sisään.

Myyjä tuli housujen sovittamisen jälkeen hänen luokseen ja pani kätensä Terhon olkapäälle. Käsi oli kapea ja pitkät kynnet oli maalattu punaisiksi. Kauniit, muistaa Terho oivaltaneensa ja kysyä pamautti: – Onko täti nähnyt punakyntistä oravaa?

Äidin ja myyjän suut loksahtivat auki ja hetken päästä molemmat nauroivat hervottomasti. Myyjätäti kääntyi Terhon puoleen ja sanoi:

– Kuule poika, kyllä minä olen nähnyt punakyntisen oravan, ja nauraa hekottaen oli jatkanut.

– Et tainnut tietää, että sukunimeni on Orava.

Paluumatkalla kaupungista selkärepun uumenissa on Siirille ostettu ruokailupakki, hattu ja retkiaterimet. Innostuksissaan hän oli ostanut myös termosmukin, jotta sisko voisi nauttia kahvinsa kuumana. Siirillä oli tapana käydä luontoretkillä merkityillä reiteillä.

Hänellä oli lapsesta asti ollut tavattoman huono suunnistustaito. Kerran Siiri oli seissyt omalla pihalla ja eksynyt, kun oli päätynyt pihan perälle ja suuren katajan varjoon, josta kotitalo ei pienelle tytölle näkynyt. Oli sitten itkeä pillittänyt ja lopulta ulvonut niin, että äiti kiiruhti tyttöä tyynnyttelemään. Terholle tapahtumasta riitti ilkkumiseniloa moniksi vuosiksi.

Nyt Siiri oli hänen ainoa sukulaisensa ja oppinut aikuistuttuaan tulemaan toimeen eksymispelkojensa kanssa. Ei hän yksin merkityillekään reiteille uskaltautunut. Usein matkakumppanina oli Mari. Vanhapiika. Naimattomaksi jäänyt naapuri, josta oli kehkeytynyt piirakkamestari. Kyllä Marin piirakat maistuivatkin makoisille, tuumii Terho.

Kylän miehet saunailloissa usein vitsailivat miehiseen tapaan Marin piirakoiden muodolla ja koolla. Jo kuluneeksi käynyt lausahdus, "Ottanut varmaan mallia omasta piiraastaan", oli alkuun kirvoittanut mielikuvia tämän sukuelimen kauneudesta, niin sieviä ja tasakokoisia olivat piirakat. Terho oli muistanut tokaisun joskus intiimeinä hetkinään ja miettinyt miltä se mallipiiras mahdollisesti olisi tuntunut. Ei hän Maria muuten ollut miettinyt kumppanin rooliin.

Juna pysähtyi seisakkeelle ja Terho astui laiturille. Asemalta oli lyhyehkö kävelymatka pysäköintialueelle, jonne hän oli jättänyt Massikan, traktorinsa, jolla Terho pian ajaa köröttelisi kohti kotitilaansa.

Vilho Ananias

Kraniittipaadessa on kaiverrettuna kultaisin kirjaimin sukunimi TYRNÄVÄ sen alapuolella Terhon isän ja äidin nimet Vilho Ananias ja Sohvi Katariina, os. Kutujärvi.

Nimet näkyvät selvästi tummalta, sileältä pinnalta. Äidin nimen kirjaimet hohtavat vielä kirkkaina. Ne on kaiverrettu myöhemmin kuin isän, joka kuoli kymmenen vuotta sitten ja äiti muutamaa vuotta myöhemmin.

Terho katsoo kaihoisasti kumpua ja muistaa hetken, jolloin äiti jätti maallisen olomuotonsa. Alle nelikymppisenä hän sai kiireellisen kutsun sairaalaan, jossa äiti kovissa kivuissaan lääkittynä makasi. Terhon oli vaikea silloin käsittää, että edessä oli väistämätön, mutta vuosien kuluessa hän on tullut asian kanssa sinuiksi. Niin tärkeä kuin äiti olikin ollut, hänellä oli aikansa. Ajan rajallisuus on tullut tutuksi myös lampaita hoidettaessa. Niidenkin elämällä on määränsä.

Terho asettelee krysanteemit kuihtuneiden orvokkien tilalle. Silottelee mullan niiden ympäriltä ja muistaa, että äidin lempiväri oli rosanpunainen. Nyt haudalla on keltaisia kukkia. Kaipa äiti ymmärtää.

Isä ja äiti olivat tavanneet parikymppisinä paikallisen tanssipaikan parketilla. Molemmat olivat maalaistalon kasvatteja ja tunsivat suurta rakkautta maalla asumiseen. Niinpä he vuoden seurustelun jälkeen avioituivat ja ostivat pienen maatilan.

Sohville, nuorikolleen, Vilho oli kertonut tarinaa toisen nimensä Ananiaksen synnystä. Hän oli nuoren parin ensimmäinen lapsi. Esikoiselleen vanhemmat olivat miettineet nimeä pitkään ja ehdotuksia kyseltiin niin äidin kuin isänkin sukulaisilta ja tutkittiin tiedossa olleita nimiä suvuista. Tuntui ettei sitä, kaikille mieluista helposti löytyisi.

Eräänä iltana taloon oli tullut käymään sukulainen naapurikylästä ja aikansa kuunneltuaan kiitti tarjotusta kahvista ja pullasta kumpaakin ihan kädestä pitäen. Terhon vaari Ernesti kumarsi ja Anna-mummo niiasi.

– Jopas Anna somasti niiasi, kiitteli vieras ja jatkoi, miten olisi, jos pojan nimi olisi Ananias, kun tuo Anna niin somasti niias. Ananias, miltä kuulostaa?

–No jopas keksit oivallisen nimen, oli Anna tokaissut ja sanoi miehelleen, että ainakin toinen nimi voisi olla Ananias, mutta miten jos etunimi olisi Vilho. Vilho Ananias.

Niinpä esikoinen sai nimekseen Vilho Ananias, näin Terho muistaa isänsä kertoneen. Nimi ei tuohon aikaan ollut mitenkään erikoinen, mutta siitä kehkeytyi isälle mukava jutun lisä vuosien varrella.

Terhon synnyttyä Vilho Ananias oli pohtinut pojalleen nimeä ja halusi, että se olisi neljä Teetä; Terho Tarmo Tobias Tyrnävä. Isän tahto toteutui ja myöhemmin siskon synnyttyä äiti sai päättää tytön nimestä. Hänestä tuli Siiri Irina.

Istutettuaan krysanteemit vanhempiensa haudalle Terho katsahtaa punatiilisen kirkon kellotapuliin ja huomaa, että luukut ovat auki. Hetkeä myöhemmin kellot alkavat soida tutuksi tulleella äänellä.

Muutaman soittoäänen kuluttua kirkon ovet avautuvat ja oviaukosta rappusille ilmestyy nuoripari. Naisella on valkoinen hääpuku ja kimppu punaisia ruusuja kädessään ja miehellä tumma puku, valkoinen paita ja punainen rusetti sekä punainen ruusu puvuntakin kauluksessa. Nuoret katselevat iloisin ilmein kohti hautausmaata ajattelematta, että kumpujen alla on satoja vastaavan onnen hetken kokeneita.

Terho kohentelee aurinkolippansa asentoa ja oikoo hiussuortuviaan ja nousee lähteäkseen. Joki pysäyttää hänet ja hän katsahtaa yllättyneenä isänsä ja äitinsä hautakiveä. Sen päälle oli lennähtänyt peippo, joka on virittänyt iloisen laulunsa.

Hääpari astuu kirkon rappuja alas, rappujen edessä, lehmusten alla odottavaan limusiiniin. Portaat täyttyvät kirkkoväestä, joka siirtyisi pian juhlimaan uuden pariskunnan kanssa, syömään hääkakkua, juomaan kahvia ja kenties nykyään niin suosituksi tullutta kuohujuomaa. Joku onnellinen nuori nainen tulisi sieppaamaan morsiuskimpun ja jäisi sydän tykyttäen odottamaan vuoroaan morsianten loputtomassa jonossa.

Peippo lopettaa laulunsa ja pyrähtää lentoon.

Siiri-sisko ja piirakat

Siiri oli tullut katsomaan Terhon lampaita. Suttuisia olivat. Häntä hieman sapetti veljen talouden pito. Oli niin monta paikkaa rempallaan. Onneksi edes lampolan repsottanut ovi oli saanut huomiota osakseen ja oli nyt topakasti kiinni.

Yöllä oli satanut vettä. Terhon pihassa lammikon pinnasta heijastui asuinrakennuksen kivijalka ja osa tienpuoleista seinää. Kivijalan betonipinnassa oli halkeama, jonka juuri ja juuri saattoi havaita. Siiri havaitsi ja päätti huomauttaa Terhoa asiasta. Olisi syytä korjata ennen pakkasten tuloa. Hyvin olisi aikaa. Niin ja kurtturuusun pitäisi leikata maahan, se kun on kielletty koko maassa.

Siiri katselee uteliaana lampolan aitaukseen. Pässi on päästetty lampaiden joukkoon. Pienet, talvella syntyneet karitsat, kipittelevät emojensa perässä ja havittelevat emojensa nisille, kuin pienet ikään vaikka ovat jo usean kuukauden ikäisiä.

Paksuja ovat turkit, komeaa villaa, mutta niin likaisia. Siiri pohtii miten tuosta saisi siistiä lankaa aikaiseksi. No syksyllä se selviää, kun mennään kurssille ja opitaan. Onpa hieno asia, että saatiin kylälle oikea villaspecialisti kertomaan villan käsittelystä. Hän tulisi syksyn kurssille.

Siiri muistaa, että vintillä on vanha rukki ja pohtii voisiko sillä vielä kehrätä ja mitä varaosia pitäisi kunnostaa tai hankkia, jotta vempain toimisi. Usein hän vintillä vieraillessa oli rukkia katsellut ja muistellut äidin ja mummon sen äärellä. Langan teossa on monta vaihetta. Työn määrä arvelutti, mutta samalla hän tuli ajatelleeksi, ettei homma voi olla ylivoimainen, jos alkeellisimmissakin olosuhteissa lankaa on saatu aikaan.

– Jouluksi oli hyvä saada Terhollekin uudet sukat, miettii Siiri.

Terho rientää verkkaiseen tapaansa siskoaan vastaan lampolalle. Kysyy, vaikka tietää syyn hänen tuloonsa, että mitä siskolla on mielessä. – Et kai lammaspaistia himoitse?

– No en paistia, mutta noita villoja kyllä syksymmällä himoitsisin, sanoo Siiri.

– Jaa, kyllähän niitä saat, mutta millä hinnalla ne sulle kelpais. Tuutko keritsemään?

– Tulen tulen, tokaisee sisko ja tyrkkää kyynärpäällään veljeä kylkeen. Niin hän on aina tehnyt. Siitä Terho tietää, että sisko on hyvällä tuulella. Samalla hän hipaisee hörökorvansa lehteä.

– Olepas tökkimättä, sanoo Terho ja naurahtaa, panen sinut tuolle pässille, jos vielä tökit. Se pökkii, niin tiedät saaneesi.

Siiri on pitkään pohtinut veljensä viisikymmenvuotispäivälahjaa. Kysellytkin tämän mielipidettä, saamatta vastausta. Mokomakin hörökorvainen aurinkolippasankari. Taaskin Terhon aurinkolippis on vinksallaan ja hiukset sikin sokin.

– Veljeni, tuttu veljeni, sottapytty, hymähtelee Siiri.

– Mitä sanoit, kysyy Terho.

– Sitä vaan, että voisit pestä tukkasi ja mennä parturiin.

– Mitä turhia, vielähän tuo on ihan sopivan pitkä, toteaa Terho, vastahan minä puolivuotta sitten istuin sen Kivisen likan tuolissa. En antanut saksia liikaa, enkä anna vastakaan.

– Huomattu on, mutta voisit nyt ainakin pestä tukkasi kerran viikossa.

– Joo joo, toteaa Terho ja lähtee kävelemään tupaa kohti. Siiri seuraa perässä. Saavuttuaan eteiseen, hän avaa kassinsa ja toteaa: – Toin sinulle Marin leipomia piirakoita. Lähetti rakkaita terveisiä ja sanoi, että kerro veljellesi, että samalla mallilla edelleen on tehty.

– Jaa, vai niin käski sanoa, urahtaa Terho. Onhan noita juttuja kuultu ympäri kyliä, että taitava leipuri se Mari on ja kuulemma ihan jonottavat piirakoita ostamaan.

– Kesä ilman Marin piirakkaa ei ole kesä, naurahtaa Terho.

– Ole vaiti, kivahtaa Siiri. Sinä ja kaltaistesi jutut alkavat vähitellen tympiä. On sitä elämässä muutakin. Sullakin lampaat turkit takussa ja likaisia.

– Elähän nyt sisko kulta suutu, vitsit on vitsejä ja piirakat piirakoita. Tekotaidosta en tiedä, mutta hyviä ovat. Ootahan niin keitän kahvit. Maistellaan.

Siiri ei voi välttää naurahdusta, joka kuplii hänen sisällään ja lopulta remahtaa kuuluvaan nauruun. Tökkää taas kyynärpäällään Terhoa kylkeen ja sanoo: – Muistatko kun lapsena saatiin mummolta kaikenlaisia herkkuja. Mustikkapiirakka oli niin hyvää. Niin hyvää.

Terho vilkaisee siskoaan ja yhtyy tämän nauruun ja kysyy, että muistaahan sisko isän leipomisyrityksen. Oli kuullut, että sopan jämiä voi käyttää leivonnassa. Sitten kokeili taikinaa alustaa klimppisoppaan. Arvaahan sen, miten siinä kävi.

– Ei tullut leipiä ei, mutta mitä sinä haluat syntymäpäivälahjaksi?

Kun vastausta ei nytkään kuulunut, Siiri säpsähtää oivallukseen.

Kananmunia! Viisikymmentä kananmunaa sievään koriin. Muistaapa ainakin Siiri-siskon ja synttärimunat.

Kalasoppaa

On ilta. Taivas leiskuu punaisenoranssina ja värjää sinertävien pilvien reunat kultaraidalla, kuin kipatakseen päivän viimeisen valon yön syliin. Veden pinta on tyyni. Suurten kuusten kuvajaiset kurkottavat veden yli kohti mökkiä.

Mökin ovi on auki. Sen valaistussa oviaukossa seisoo yksinäinen hahmo. Rotevuus ei jää epäselväksi, kuin ei myöskään täyteläinen ääni. Mies hyräilee äänellä, joka kuvastaa suurta tyytyväisyyttä. Kalasoppa oli hyvää. Niin kuin aina.

Ahvenet pistivät kovin vastaan, mutta päätyivät lopulta emalikattilan punaisten kylkien sisällä porisemaan kypsiksi, yhdessä pottujen ja sipulien kanssa.

– Kuules Anna, mies huikkaa. Vietäiskö se aamulla ostettu ruusu Miettisille. Niillä on tarvittava määrä kanankakkaa ja hieno kukkapenkki. Meille tuo ruusu taitaisi olla vaan riesa ja mieliharmi.

Anna on vaiti, ei sano sanaakaan, vaikka on samaa mieltä ukkonsa kanssa. Hän vilkuilee virne silmäkulmassaan miestään. Näkee miten mies pohtii. Kaunosielu se on aina ollut. Ymmärtänyt kukkien päälle ja kaipa se minutkin kauneuteni vuoksi valitsi. Maakuntamissi vuosimalli kauan sitten.

Kivahan se ruusu olis täälläkin, sanoo mies, mutta tiedän että Miettisellä tätä lajia ei ole. Voisi antamisesta olla hyötyäkin.

Miehen olemukseen on hiipinyt odotus. Hän pohtii puolisonsa oikeaa mielipidettä. – Jos antaisi ruusun saisi taas kalaa silloinkin, kun omat verkot ei anna saalista, hän lausahtaa ja olishan sitä ruusua kiva siten käydä katsomassa ja samalla kuulla kylän kuulumiset

Viimeksi käydessä Miettisillä kylässä Miettiskä oli kertonut tohkeissaan, että Väänäsen Emma oli kuollut. Hän sitä kovin kummasteli, kun oli tavannut Emman vähän aiemmin edellisellä viikolla. Kohta tapaamisen jälkeen oli kuullut kylän kioskilla, että Väänäsen torpan pihassa oli vieraillut palokärki. Se oli pärisyttänyt nokkaansa keloa vasten toistuvasti useana iltana ja vielä kuolinpäivän aamunakin punainen laikku päässä, mokoma mustalintu oli hakannut keloa niin, että säleitä lensi aina torpan katolle asti.

Oli kuulemma jo keväällä käkikin kukkunut niukkuuttaan vaan yhden kerran. Miettiskä oli sitten jäänyt asia pohtimaan ja aatteli selvittää omaa tilannettaan. Kaivoi kellarin hyllyltä tinatun kuparipannunsa, jota perinnejuhlissa mieluusti esitteli ja keitti kunnon plöröt. Sitten nautittuaan kahvinsa oli ryhtynyt tutkimaan kahvinporoista tulevaa.

Ei suostunut kertomaan mitä oli nähnyt. Sanoi vaan, että vei kahvinporot ruusupenkkiin mullan jatkeeksi. Ei tiennyt Miettiskä, että pian olisi hänenkin aikansa.

Miettiskän perijät

Terho oli kylällä kuullut Miettiskän kohtalosta, ajatteli että taas yksi torppa tyhjeni. Palokärki on nätti lintu, mutta on sillä ikävä tehtävä. Käydä nyt puita pärryyttämässä jos tuonelan kutsu on tarjolla. Kukahan siihenkin pihapiiriin sitten asettuu, kun on tuonen matkasta kertova lintu pihapuun asukkina jo valmiina.

Tuossa se Miettiskä vielä taannoin tepasteli. Ei olisi uskonut, että niin pian ihminen muuttuu tarpeettomaksi ja viedään pois. Aika hyvä kasvimaa sillä on ollut. Kukahan tuonkin sadon korjaa. En muista nähneeni hänen pihallaan perillisiä liikkumassa. Huhutaan, että niitä olisi.

Auto kaartaa maantiellä kävelevän Terhon ohi. Aivan kuin tahallaan pöllyttäsi hiekkatietä. Ihan henkeen käypi, ehtii Terho miettiä, kun auto kaartaa edesmenneen Miettiskän pihaan. Jarrutus on varmaan asvaltilla opeteltu.

Näyttää siltä, että pitkäksi päässyt nurmikko rullautuu pyörien alla.

Volvon etuovi aukeaa ja siitä nousee pullukalta vaikuttava naisihminen, henkilö, jota Terho ei ole aikaisemmin nähnyt. Kuljettajan puolelta kurkistaa kaljupäinen vanhempi mies. Tarkemmin katsoen nainenkin on jo lähempänä kuuttakymmentä.

– Että tämmönen sukutila, eipä ole hääppöinen, puuskahtaa nainen ja astelee niska kenossa taloa kohti. En sitä tätiressukkaa koskaan nähnyt, kuulin vaan, että olis varakas mamma. Joku tiesi arvella, että olisi arvopapereita pankin tallelokerossa, ehkä ihan isompikin määrä.

Miettiskä oli ennen eläköitymistään ollut pitkään leipomossa töissä. Ottanut vastaan tilauksia ja soitellut kauppoihin eri puolille maakuntaa. Tehtäväänsä hän oli edennyt vähitellen, tehnyt aluksi siivoushommia ja sitten hyvää työtä tehtyään tullut huomatuksi. Tuohon aikaan Miettiskä oli työssään vielä tyttönimellään Kilpinen.

Leipuri Miettinen tarjosi pian nuorelle neiti Kilpiselle työnkuvan laajennusta ja jo parin vuoden päästä rouvan paikkaa, poikamies kun oli. Niin siivoojaneiti Kilpisestä leipoutui leipurin rouva Miettiskä.

Vuosikymmenten työn uuvuttama leipuri kuoli Miettiskän ollessa viidenkymmenen viiden. Miettiskä peri leipomon, mutta halusi siitä pian eroon ja myi sen hyvään hintaan isolle leipomoketjulle. Varat säilöttiin pankin saatesanoin ja maustein arvopapereihin. Papereille oli lukollinen tallelokero pankissa ja sinne pääsisi vain avaimella, jonka kaksoiskappale oli pankissa.

Nyt pankin juristi oli kutsunut testamentissa nimettyjä paikalle. Heitä oli löytynyt eri puolilta Suomea, nämäkin juuri Volvolla Miettiskän tontille saapuneet.

Hetken aikaa Terho katselee pariskuntaa, pysähtyy ja yrittää tervehtiä saamatta vastausta, kunnes jatkaa matkaansa.

– Niin ne ovat ihmiset erilaisia, jupisee Terho, ei edes tervehditä. Taitavat olla isommalta paikkakunnalta.

Parin sadan metrin päässä häntä vastaan tulee pankin auto. Lakimies Kyösti Kepponen siinä huristelee käsi pystyssä. Mihinkähän mahtaa olla menossa, pohtii Terho ja katsoo taakseen auton perään. – Näkyy kääntyvän Miettiskälle, toteaa hän itselleen.

Miettiskän perikunta oli Kepposelta saanut kutsun kokoontua tontille tai pankkiin. Tontti tuli valituksi koska useimmat kaksi kolmesta perillisestä ei ollut vuosikausiin paikalla käynyt. Tarkoitus oli arvioida omaisuuden määrää ja arvoa, keskustella nähdyn perusteella edessä olevia toimenpiteitä ja sopia tulevista tapaamisista. Pankin tallelokeron sisältö oli kiinnostuksen kohde arvopaperien vuoksi ja perillisten toive oli löytää jonkinmoinen testamentti. Lakimies oli lupaillut sellaisen lokerosta löytyvän.

Terhon kävelyretki on päättymässä ja pihaan tullessa hän kohtaa outoja kasvoja pihapiirissä.

– Päevee, sanoo Terho vaistomaisesti lapsuuden murteellaan, mittee työ ootta ehtimässä? Hän katselee ikäisiään vieraita pihallaan yllättyneenä ja uteliaana.

– Miettisen tilaa etsimme, pitäisi perintöasioita hoitaa, sanoo punaisen Fiatin vieressä seisova laiha mies. Paidan kaulus repsottaa auki ja jalassa olevat farkut on muodikkaasti revitty rikki. Taitaa pari hakaneulaakin pilkottaa.

– Pikkusen matkaa eteenpäin kun ajatte, on Miettiskän tila vasemmalla, sanoo Terho. Siellä näkyi jo olevan porukkaa ja pankin lakimieskin sinne äsken huristeli.

– Kiitos, sanoo mies ja istahtaa takaisin autoonsa, käynnistää moottorin ja ajaa pois.

Eipä ehtinyt edes nimeänsä sanomaan, miettii Terho ja kuulee miten lampaat määkivät lampolassa.

Ovat taas leipää vailla.

Siirin hattu

Siiri-sisko oli laittautunut metsälle menoa varten. Hän istuu lepotuolissa talonsa patiolla. Yllään hänellä on tummansininen ulkoiluasu ja päässä Terhon kaupungista ostama hyöteisverkolla varustettu vihertävä hattu. Ampiaisia pörrää pation katon rajassa.

Hattua kokeillessaan hän katseli kuvaansa eteisen peilistä ja keimaillen muikisteli suutaan. Hänen pulleat huulensa olivat aina olleet kateutta aiheuttanut piirre. Toisin oli velipoika Terholla, jonka korvia olivat ilkkuneet kaikki lapset koulussa ja kylällä. Hörökorvat olivat hänen tavaramerkkinsä. Joku koiranleuka oli lapsena todennut, että poika on niin laiha, että jos menee heinäseipään taakse, niin korvat vaan näkyvät. Ahtaassa paikassa joku arveli pojan jäävän korvistaan kiinni tai viimeistään länkisääristä.

Siiri oli pukenut jalkoihinsa kumisaappaat kaiken varalta, jos päivän reitti sattuisi kulkemaan märkään paikkaan, oltiinhan menossa Haperosuolle.

Siiri oli noussut varhain. Lapsuudessa opitusta aikarytmistä ei tullut juurikaan poikettua. Oli siitä etunsakin. Harvoin tuli myöhästyttyä mistään. Tänään pitäisi lähteä velipojan kanssa suoreissulle. Tarkoitus on katsella puuston tilannetta ja merkkejä mahdollisista korjuutöistä pitäisi sitten pyytää metsänhoitoyhdistykseltä merkintöjä, jotta metsätraktorit osaavat liikkua merkityllä alueella. Nykyään aniharvoin kukaan kaataa moottorisahalla tai pokasanalla, pohtii Siiri, taitaa olla niin ettei pokasahaa moni edes nimeltä tunne.

– Katohan rinsessa tulloo ja oikeen harsohattu piässä, ilakoi Terho. Siskolikka on lähes tuntemattomaksi naamioitu.

– Tulitkin ajoissa, itse en ole vielä ehtinyt kumiteräsaappaitani etsiä, saati jalkoihin laittaa, mutta äkkiäkös ne silipasen kinttuihin.

– Johan tuo kello on vaikka kuinka ja paljon, olisit hyvin voinut tälläytyä valmiiksi, tokaisee Siiri, joka on hieman ärtynyt, kun ampiainen oli aamulla pistänyt etusormeen ja sitä jomotti. Jostain syystä ampiaisia oli alkanut taas kokoontua Siirin piharakennukseen. Nyt tuikkaaja oli yllättänyt hänen hakiessa kumisaappaita varastolta.

– Ampiainen perhana kävi aamulla kimppuun. Kato nyt tätä sormee millanen tatti siihen turpos, sanoo Siiri ja näyttää sormeaan Terholle.

– Vai sai vanhapiika piikkiä, hirnahtaa Terho ja ottaa pari kömpelöä juoksuaskelta ja välttää siskolikan kyynärpään tökkäisyn. Tapa tökkäillä on säilynyt heidän välillään ja joskus äitynyt melkein tappeluksi asti.

– Hyvähän se vaan, ettei pahempaa. Ampiaisista vielä jotenkin selviää, jos ei ole allergiaa. Toista se olis, jos käärme tuikkais myrkyt kinttuun ja kokeilis kestävyyttä, sanoo Siiri.

– Elä per.., elä ies kuvitelmissa tollasta puhu, kukas minulle sitten piirakoita kantais, kiusoittelee Terho.

Sisarukset astuvat pihalle ja suuntaavat maantielle. He päättävät kävellä pari kilometriä hiekkatietä ja siirtyä sitten metsätielle, joka veisi suolle. Siellä olisi reitti, jossa pitkospuita pitkin voisi taivaltaa usean kilometrin, aina omille tiluksille asti.

Siiri katselee veljensä kävelyä. Hän huomaa miten joka toinen askel ontuu. Näyttää siltä, että kumiteräsaappaan kantalappukin on siltä puolen enemmän kulunut.

– Onko sinulla jalka kipeä, kun onnut, kysyy Siiri.

– No onhan se vähän kiukutellut, ehkä enemmän tuo selkä, Terho toteaa ja jatkaa, että on jo muutaman kuukauden miettinyt lääkärille menoa.

– Mene sitten kanssa, komentaa sisko.

– Katson vielä, josko se iskias asettuu.

Reilun tunnin käveltyään he päättävät istahtaa luonnonkivelle, joka on erään kuusen suojassa. Siiri riisuu hatun päästään ja laskee repun maahan.

– Otin vähän välipalaa. Hitto, että inhoan tuota sanaa. Välipala. Väli pala. Mikä hiton välipala! Retkieväs.

Terho naurahtaa. Ei ole ensimmäinen kerta, kun Siiriä harmittaa jokin sana tai ilmaisu. Hän muistaa siskonsa aikanaan tarttuneen sanaan vanukas. Oli kertonut, että mielikuva vanukkaasta oli paljon herkullisempi kuin itse tuote ja se oli jäänyt harmittamaan. Sisko oli muutenkin ruokien suhteen kompasteleva. Kertoi, että nuorena hän oli kateellisena kuunnellut, kun toisen talon lapset söivät mansikkajogurttia ja kehuivat sen erinomaista makua. Kun Siiri sitten oli saanut ensimmäisen jogurttipurkkinsa, hän oli upottanut lusikkansa herkkuun, maistanut ja suorastaan tyrmistynyt.

– Tämäkö hyvää, yäk! Miten kukaan voi sanoa tätä hyväksi.

Tovin maisteltuaan, hän alkoi vähitellen päästä jogurtin makuun ja kertoi, että hän pyysi heti saada toisen.

– Se on Terholle varattu, oli äiti sanonut, mutta heltyi ja antoi Siirin makustella toisenkin annoksen. Sen nautittuaan, hänestä tuli pysyvästi mansikkajogurttifani. Nyt jugurtti maistuu. Siiri muistaa miten naapurin lapset olivat yrittäneet sanoa Jogurtti-sanaa ja pienimmän suusta oli tullut sana rutitti. Tuo lapsi oli muutenkin oiva uusien sanojen kone, juustonkin nimesi untiksi.

– Otitko jukurttia mukaan? kysyy Terho kiusoitellen. Sä olet sellanen tuuliviiri, joka kerran asentoon päästyä ei liiku mihinkään. Sitä jugurttia pitää olla joka paikassa.

– Nyt otin ihan muuta, saat maistaa Marin piirakkaa, nauraa hekottaa Siiri.

Sisarukset istuvat kivellä ja nauttivat piirakoita ja palan painikkeeksi termarista luomuteetä. He rupattelevat niitä näitä ja Terho muistaa Miettiskän.

– Ne kävi Miettiskän perillisetkin tontilla, sanoo hän sisarelleen. Kahdella autolla kulkivat ja lakimies pankista oli matkassa. Ylpeitä olivat, tuskin päivää osasivat sanoa.

– Jaa. Niinkö kävivät. Kohta on sitten senkin talon kohtalo uusissa käsissä. Saa nähdä mitä tuleman pitää.

– Jakavat rahat ja myyvät maat ja talon, mitä muutakaan. Tuskin kukaan nähdyistä tänne kylälle haluaa muuttaa. Ja miksi muuttaakaan, kun ei täällä ole enää juuri ketään, eikä mitään.

Korppi lentää suurten kuusten latvojen yläpuolella ja ronkkuu tapansa mukaan.

– On se komea lintu, tuo Korppi, toteaa Siiri ja huomaa veljensä seuraavan linnun kaartelua lähes lumoutuneena.

– Lähes yhtä komea, kun tuo sun hattu, nauraa Terho.

Saippuakupla

Puhallan. Puhallan uudestaan. Puhallan hyvin varovasti. Tuuli sieppaa saippuavesikuplan jo ennen kun se ehtii muotoonsa. Seison nojaten parvekkeen kaiteeseen. Kädessäni on purkillinen saippuavettä ja toisessa heinästä taittamani epäsymmetrinen ympyrä.

Vierailu kaupunkiin on vienyt Terhon entisen luokkakaverin kotiin. Tällä on alle kymmenvuotias poika, joka rakastaa saippuakuplien tekoa ja opastaa Terhoa innokkaasti kertoen, kuinka oli kerran saanut melkein talon kokoisen saippuakuplan aikaan. – Kyllä sinäkin vielä saat, rohkaisee poika.

Myöhemmin Terho kertoo ja kuvailee tilannetta: – Puhallan ja puhallan. Ei taaskaan kuplaa. Vesi tippa jää kehikon reunaan ja kurkottaessani parvekkeen reunan yli tippa tipahtaa alakerran patiolle loikoilemaan tulleen naapurin kaljulle.

–Vetäydyin oitis kaiteelta, sanoo Terho. Alakerran Ukko oli katsahtanut ylös ja näki vain pilvettömän taivaan. Hän kosketti päätään ja katseli kostunutta kättään. Pudisti sitten päätään ja asettui takaisin lepoasentoon.

Olin päättänyt, että pikkupojan rohkaisemana jatkan puhaltelua ja päätin aloittaa puhaltamisen uudestaan, nyt kaiteen takana piilossa.

Voi sitä onnistumisen riemua, joka näkyi pojan kasvoilla, kun muhkea saippuakupla pullistui ja pullistui, ja irtosi ympyrästä.

Se luikahti kuin kujeillen korkeuksia kohti ja auringon säteiden osuessa siihen heijasti lukuisia sateenkaaren värejä. Aikansa, joka on kovin vähäinen, pallo kellui ilmavirrassa ja poksahti rikki. Innoissani hihkuin onnistumista ja kurkkasin kaiteen yli. Samaan aikaan alakerran ukko katsahti ylös ja totesi:

– Jahas, no johan minä ajattelin, ettei se märkä ollut sadetta.

Peruuntuneet talkoot

Heinäkuu oli hyvän matkaa jo menossa ja sateet piiskasivat armottomasti Mattilan tilan heinäpeltoja. Timoteit ja apilat kylpevät lounaasta saapuneiden pilvien suoltamassa vedessä. Peltojen ojatkin täyttyivät ja nousivat lammikoiksi heinäkasvien juurille asti.

Mattilan isäntä katsoi hymähdellen meteorologituttavansa eilen kirjoittamaa sääennustetta, jossa luvattiin aurinkoisen sään valtaavan alueen iltapäivästä alkaen. Hyvä sää heinän korjaamiseen olisi siis tulossa.

Talkooväkeä oli haalittu loppuviikoksi ympäri kyliä ja pian Mattilan suuret pellot kuhisisivat ukkoa, akkaa, tyttöjä ja poikia, ajattelee Mattila. Terhonkin hän oli päättänyt kutsua Massikan kanssa. Siitä olisi suuri apu, kun kaadettua heinää kuivatellaan.

Ruokaa ja majoitustiloja oli varattu runsaasti ja kaikki oli valmista karjalanpiirakoita ja sahtia myöten.

Läppäri, johon Mattila kirjaa kaikki maatilansa tapahtumat ja seuraa ministeriöiden ja EU:n ukaaseja, kilahtaa saapuvan viestin merkiksi. Pari vuotta sitten torilla tapaamansa meteorologi lähetti uuden sääennusteen. Viestin sisältö vetää isännän naaman ruttuun.

– Kylläpä se säänoita nyt myrkyn lykkäsi, Mattila kihahtaa ja huikkaa emännälle, että samperin sääprofeetta pilasi sitten nämäkin talkoot. Poutaa ei sittenkään tulisi ja sadetta riittäisi vielä moneksi päiväksi.

– Ei tässä muu auta kuin perua talkoot.

– Pitää soittaa sille Terhollekin, isäntä tuumaa ja tarttuu puhelimeensa. Muutaman soittokerran jälkeen hän kuulee Terhon sanovan: – Haloo.

– Pitää perua talkoot, sanoo Mattila, kun tuo säiden tietäjä laittoi ilmoituksen, että poudan sijaan tuleekin oikein rankka sade.

– Jaa että satteen tekkee, vastaa Terho, eihän se sitten parane tulla peltoja sotkemaan, mutta yksi asia harmittaa.

– No mikä se harmiksi muuttui, kysyy isäntä ja kuvittelee hörökorvaisen Terhon puhelimensa ääreen.

– Jääpi hyvät talakoot välliin.

– Kyllä ne vielä tulevat, usko vaan, sanoo isäntä ja lisää että sahtiakin sitten olis enemmän tarjolla.

– No en minä sahtista, kun on tuo Massikka, niin ei ajaja voi juuvva.

– Eikös yksi lasillinen kuitenkin, ja onhan emäntä varautunut kyllä kotikaljallakin. Se on perinteisen hyvää. Ja on sitä pottulaatikkoakin ihan oikealla läskillä…

– No sepä hyvä, ei tarvii yksinäisen ruveta sillon kokkaamaan.

– Eipä tarvii, ei. Kerrotko Siirillekin, että oottelee kutsua toiseen päivään, kehottaa Mattila, voi mennä huonossa lykyssä ensi viikkoon.

– Jo vain kerron, sanoo Terho ja sulkee puhelimen.

Mattila hymähtää tyytyväisenä ja laskee huolen kurttu otsallaan puhelimensa pöydälle.

Isän kanssa matkalla

Matkasimme isän kanssa mopolla metsätyö-maalle. Istuin mopon tarakalla isän takana ja tunsin kuinka isä haisi pihkalle, tupakalle ja hielle. Mopo kärytti ja painauduin tiukasti pihkaista selkä-reppua vasten silläkin uhalla, että uusi kesäpaitani likaan-tuisi. Olin halunnut uuden paidan matkan ajaksi päälleni, kertoo Terho lapsuuden kokemuksestaan.

– Silloin olin tarkka asuistani. Olin kasvanut pituutta talven aikana ja niinpä en ollutkaan enää pieni poika, kuten edellisenä kesänä. Oli pidettävä jalkoja koukussa ajomat-kan ajan, jotta ne eivät raapisi tien pintaa ja se koetteli rei-silihaksia.

Saavuimme vihdoin hakkuuaukealle ja isä komensi minut kuorimaan edellisenä päivänä kaatamiaan kuusipölkkyjä. Kevätkuori oli vielä sopivan pehmeä ja sain neuvoksi viil-tää kuoreen haavan ja repiä kuori irti. Petkelillä avustin kuoren irtoamista ja tunsin iloa uuden oppimisesta. Pölli toisensa perään kertyi pinoon.

Tuli tauon paikka. Isä avasi pihkaisen reppunsa nyörit ja kaivoi esille kotona tekemänsä voileivät. Äidin paistamaa ruislimppua, jonka hän oli viipaloinut, sivellyt päälle rohkean määrän kirnuvoita ja jotakin makeaa hilloa.

– Nam. Ikimuistoista herkkua minulle, joka olin makealle perso jo poikasena.

– Palasokeripaketeistakin isot palat vohkin ennen kuin muut ehtivät.

Isä, joka oli asunut ennen avioitumista pitkän jakson pohjanmaalta, kysyi myhäillen, "Otatko kossi kahavia. Saat juua ihan mustana ko maitua ei ole".

Niinpä tietysti, ajattelin, olinhan isän kanssa matkassa. Ei maitua. – Juodaan sitten mustana, tokaisin.

Muisto saa Terhon herkälle mielelle, hän ajattelee kokemusta lämmöllä. Moni asia on sen jälkeen muuttunut ja nykyisin Terho vähät välittää pikkuisista tahroista vaatteilla. Siskolikka siitä jatkuvasti huomauttelee.

Siirillä oli ollut aviomies usean vuoden ajan ja ne oli asuneet taloa, jossa Siiri edelleen asuu. Kohtalo puuttui siskon elämään ja niin ukko otti kimpsut ja kampsut ja lähti. Sitä, mihin, ei kukaan tiedä. Katoamisesta on aikaa jo monta vuotta. Etsintöjä oli tehty tuloksetta lähialueen lisäksi koko Suomen alueella.

Kukkakalenteri

Mitäpä nuori mies voi kuin katsella ja ihastella, kun on kesä ja kaikki niin kaunista kuin perhosten lento.

– Sinä vuonna vaeltelin ristiin rastiin eri puolilla Suomea ja tein havaintoja, kertoo Terho. Turistipaikkakunnat olivat festivaalien ohella ohjelmassa.

– Reissasin junalla ja busseilla, väliin kävellenkin.

– Olen aina ollut kalenteri-ihminen ja jo tuolloin merkkasin kalenteriin päivämäärät ja paikkakunnat, joilla kävin, myös sen mitä näin ja keitä tapasin.

– Tampereella maistelin mustaa makkaraa, Savonlinnassa omenalörtsyjä, Hangossa ahmin päivittäin suuren jäätelötötterön. Kuopiossa välttelin kalakukkoa, Kuhmossa ahmin rönttösiä.

– Makuelämysten rinnalla kulki rinnallani ihastukseni kohteita, nimiä, jotka jakoivat kokemuksiani.

– Vuoden lopulla selailin kalenteriani ja niihin merkitsemiäni tapahtumia, päivämääriä ja merkintöjen kohdalla olevia nimiä. Tyttöjen nimilista oli, ja on yhä, vaikuttava: Vuokko, Kielo, Lemmikki, Urpu, Ulpu, Ruusu, Orvokki. Oi mikä yllättävä oivallus: Olin koonnut kukkien nimistä tyttökalenterin!

Terho katselee ikivanhaa allakkaa kädessään ja muistelee nuoruusvuosiensa retkiä. Kalenterin talvi alkoi heti lupaavasti. Sinä talvena, ollessaan kuusitoistavuotias, hän matkusti Savonlinnaan. Matkan hän teki junalla ja jäi junasta Kauppatorin pysäkillä.

Savonlinnassa asuva sukulainen majoitti hänet viikonlopun kestävän reissun ajaksi. Asunto oli aivan kaupungin keskustassa, lähellä satamaa ja toria sijaitsevassa puutalossa, jossa asui useita perheitä.

Kaupunkiin minut sai tulemaan kirjeenvaihtokaveri, Inka, joka hänkin oli vain käymäseltään kaupungissa ja majoittui veljensä perheen luona. Inka oli pullukka likka Lapista ja osoittautui varsin kuumaksi tapaukseksi.

Kauppatorilta kasinon saarelle oli lyhyt matka. Oli sovittu, että Inka tulee saaren ja kaupungin yhdistävälle puusillalle lauantai-iltana kello 18.

Terho muistaa miten hän viininpunainen keinokuitu-takki päällään ja karvahattu korvillaan asteli hengitys huu-ruten kohti tapaamispaikkaa. Oli kylmä. Pakkasta yli kak-sikymmentä astetta. Hän yritti parhaansa mukaan suojella korvalehtiään ja sulloa niitä karvareuhkan korvalappujen alle.

Saapuessaan sillalle, hän näki Inkan jo odottamassa. Inka nojaili valkoiseksi maalattuun sillankaiteeseen ja kat-seli sillan alla vapaana virtaavaa vettä. Pian sekin jäätyisi umpeen, olihan tammikuu jo pitkällä ja pakkasta ennätyk-sellisen paljon, jos televisiouutisiin oli uskominen, jatkuisi vielä ainakin viikon.

– Hei, sanoo Terho ja katsoo uteliaana tyttöä, jonka oli saanut kirjeenvaihtokumppaniksi kesän lopulla. Hän tun-nisti tytön saamansa valokuvan perusteella.

– No hei, vastaa Inka ja katsoo kujeilevan uteliaasti hörökorvaista poikaa, jonka karvareuhkan läpätkin nouse-vat höröjen päälle. Hih, aika vekkulin näköinen.

Keskustelu kahden nuoren välillä lähti vähitellen liik-keelle ja jutut etsimään uomiansa. Jutellessa he kävelivät saaren kävelyteitä ja kertoivat majoituspaikoistaan ja siellä asuvista sukulaisistaan.

Inkan siskon miehellä on pieni liike keskustassa ja mies on kuulemma tarkka kauppansa siisteydestä, oli sitä myös kotona. Oli osoittanut hänelle makuupaikan vieraskamarista ja todennut, että jos kirjeenvaihtokaveri tarvitsee yösijaa, Inka voisi kutsua kaverinkin heille yöksi. Ei tiennyt, että kirjekaveri oli nuorukainen etelästä.

– Voisimme nukkua kaksin, saman peiton alla, sanoo Inka kauniisti silmin katsoen ja lisää, ettei kukaan tulisi häiritsemään.

Terho kuitenkin väistää ujouttaan ajatuksen ja sanoo, että häntä odotetaan ennen iltakymmentä takaisin.

Terho muistaa miten häntä jännitti aivan suunnattomasti tytön kohtaaminen, olihan tämä kirjeissä kertonut lappilaispoikien kanssa viettämistään intiimeistä hetkistä. Oli sanonut, että saamelaiset ovat kiimaista väkeä, niinpä ajatus oli ponnahtanut hänen mieleensä uudelleen ja uudelleen, kun itsekin oli miehisyyteensä juuri herännyt.

Inkalla oli märät huulet. Hän tunsi miten pehmeäkin tämä oli ja lämmin, kun he nojasivat saaressa huvimajan seinää vasten, unohtui pakkanen ja kylmä.

Kukkakalenterin nimissä oli poikkeama Savonlinnan kohdalla. Inka.

Valkoinen

Istun kirjastossa. Ympärilläni on satojatuhansia valkoisia sivuja. Valkoisia? Menin ajatuksissani oikotietä aiheeseen valkoinen, pohti Terho.

Mari on antanut hänelle tehtävän kertoa valkoisesta. Mikähän siinä värissä nyt niin Maria kiinnosti. Ehkä se liittyy riisipuuroon, jota Mari keittää joka viikko erinäisen määrän piirakoitaan varten. Ehkä.

Terho katselee ympärilleen ja mumisee puoliääneen:

–Vaikka olenkin kirjastossa ja näen hyllymetreittäin kirjoja ja valkoisia sivuja, eivät sivut ole valkoisia. Niissähän on kirjoitusta. Erivärisiä ja -kokoisia kirjaimia.

Terho pohtii, miten mainio keksintö ihmiskunnalta olikaan kirjoitus- ja kirjapainotaito, sitä ei käy kieltäminen, mutta luepa puhtaasti valkosivuista kirjaa. Niin saat olla ääneti ja katsella tyhjää.

–Vaan katsopa ulos. Nyt siellä on valkoista. On talvi. Valkeaa lunta on maassa ja puissa.

– No, jos totta puhutaan, lumi oli jossain vaiheessa valkoista. Taajamassa se on harvoin vitivalkoista. Ja meidän navetan takana lumi värjäytyy keltaiseksi elukoiden jätösten vuoksi, Terho aprikoi valkoisen eri sävyistä.

Lunta katsellessa ei tarvitse katsoa tyhjää. Sen pinnan muoto vaihtelee ja pyryn jälkeen voi nähdä jopa laineita. Joskus jopa suuria hyökyaaltoja muistuttavia kinoksia.

–Tuota olen usein pohtinut, miten luonto muovaa näkyviin samoja kuvioita lumella, hiekalla, vedessä, järvien ja merien pohjissa. Aaltoja.

Aaltokuvioita, isoja ja pieniä sielläkin hiihtoladun varrella, joka on täynnä sauvojen jälkiä. Isoja ja pieniä jälkiä latu-uran molemmin puolin. Lumi hohtaa lamppujen kohdalla valkoisempana kuin muualla, miettii Terho ajatuksiinsa uppoutuneena.

Terhon mieleen nousee eräs hiihtokerta pururadan ladulla, kun vastaan tuleva hiihtäjä suksi vastaan hänen käyttämäänsä latua ja ryhtyi mekastamaan.

– Pois tieltä, pois tieltä, oli kuulunut kipakka komento.

– Täällä on oikeanpuoleinen liikenne, Terho muistaa sanoneensa, kun hiihtävä lähestyi ja lähestyi.

Tulija hiihti perinteisellä tyylillä ja oli vakaasti tulossa päälle väärää latua. Kun suksija lopulta pysähtyi metrin päähän naama punaisena ja avasi suunsa jotain sanoakseen, Terho ennätti ensin ja huikkasin kysymyksen:

– Oletko huomannut, että lumi tekee aaltoja?

Hiihtäjä katsoa toljotti äimistyneenä, eikä saanut sanaa suustaan.

– Oletko huomannut, toistin nyt sisään päin hymyillen ja jatkoin, että lumi on valkoista ja että sen pinnalla on aaltoja.

– En! kivahti hiihtäjä, otti askeleen ja väisti umpihangen puolelle.

Ja niin se mokoma rikkoi lumen pinnalta lainekuviot, joita juuri oli ihastellut.

Terho katsoo hyllyssä olevaa keittokirjaa, jossa koreilee kannessa riisipuurotäytteinen karjalanpiirakka. Marin antama tehtävä miettiä valkoisen ilmentymiä oli piirakan arvoinen. Sen Mari oli luvannut palkkioksi.

Postikortti

"Raparperi.
Pitkä jämäkkä varsi.
Vihreä suuri lehti irti revittynä".

Terho on saanut postin mukana kortin ja lukee postikortin tekstiä ihmetellen. Etupuolella on teksti vihreällä pohjalla valkoisin kirjaimin kolmella rivillä: Raparperi. Pitkä jämäkkä varsi. Vihreä suuri lehti irti revittynä.

Terho kääntää kortin tekstipuolen itseensä päin. Siinä on käsin kirjoitettuna allekirjoittamaton viesti:

"Edessäni on pulleaperäinen lasikannu, jonka kyljet hohtavat puhtautta.
Lasipinnan takana on vaalean punaisen ja roosan värinen mehumaailma, jossa vihreät mintun ja timjamin versot kurkottavat kohti reunoja.
Hattu!
Oi miten sievä onkaan sitruunaviipaleiden kelluva hattu, kuin lumpeenlehdet nesteen pinnalla.
Tuo lasikannu seisoo tömäkästi lasialustalla. Kannun muodot ovat taidokkaat. Ihastelen".

Kukahan tuon on kirjoittanut, pohtii Terho ja katsoo ikkunasta lampolan suuntaan. Hänellä ei ole yhtään raparperia.

Melleriinit

Hausjärven kunnankirjastossa kahden viikon välein ko-
koontuvassa Melleriinit-ryhmässä kirjoitetaan harjoitus-
tekstejä aiheen tai aihesanojen pohjalta.

Kirjoitusten muoto on vapaa.

Kirjoittamiseen varattu aika on kymmenen minuuttia,
jonka jälkeen kukin voi halutessaan lukea tekstinsä.

Seuraavana lyhyitä kertomuksia aihesanojen pohjalta.

Keppi, jääkukka, paha, pudota, hiljainen

Verkkariin pukeutunut juippi on kiivennyt keppi kourassaan yläkerran ikkunan taakse, tarkoituksenaan puhdistaa pakkasen panema ikkuna, joka on jääkukkia täynnä.

On vielä varhainen aamu, pitäisi raapia hiljaa, jottei aamu-uniaan nukkuvat heräisi. Kun kepillä tökkii jääkukkia yläkerran ikkunassa, luulisi olevan selviö, että lasi kirskuu. Sitä juippi ei tullut ajatelleeksi, että nokinen kepin pää jättää lisäksi ruutuihin mustaa jälkeä. Oli toinenkin asia, jota huimapää ei ollut ajatellut.

Tasapainoilu päättyi epäonnisesti melkein heti alkuunsa ja ikkunalasia raapimaan kiivennyt pudota muksahtaa alas, patiolle. Putoajan onneksi kohdalla sattui olemaan kesäsohva.

Hetken uikutettuaan, juippi hiljenee ja ojentaa käden vieressä lojuvaa keppiä kohti. Silmissä alkaa vilistä harmaita kuvia.

-Aivan, yritin raapia jääkukkia, hän toteaa itselleen ja osoittaa kepillä yläpuolella olevaa ikkunaa ja lausahtaa nolona hiljaa mumisten.

- Aika noloa pudota!

Päiväunet, kevät, puro

Jäivät päiväunetkin väliin, kun keväthöperyys iski. Kas Nukku-Matti nuokkuu puron partaalla ja nauraa hekottaa. Hänen mielestään tuulessa pyörivä vipperä on hassu, niin on purossa oleva vesirataskin. Ne vaan pyörivät siinä paikallaan. Vipperä sentään välillä huilaa, kun tuulelle tulee laiskotteluhetki.

Nukku-Matin mielestä vesi on ihan pissan väristä. Ei haittaa, vaikka päiväunet jäivät väliin, on kiva lätsytellä kepillä kylmää vettä ja kuvitella miten kaarnavene kieppuisi virran mukana. Sitä hän jäi pohtimaan kuinka vene selviäisi vesirattaan ohi. Puro oli rattaan kohdalla hyvin kapoinen. Nukku-Matti siristää silmiään ja tuumailee veneen reittiä, ehkä se mahtuu ehkä ei. Mitä jos se vene olisikin sukellusvene, pystyisikö se alittamaan rattaan. Höh. No ei, kun ei sitä venettä ole, tuumii Nukku-Matti ja herää omaan hö-pinäänsä.

- Nukuin sittenkin päiväunet, hohhoijaa!

Koulukiusaajan saama opetus

Hän, koulukiusaaja, seisoi nolona naama nurkkaan päin ja mietti pihalla lausumaansa herjaa ja itkuista Erjaa, joka nyyhkien pakeni puukoulun rappuja sisälle, hänen moitteensa tieltä.

Opettaja Armo Hyvyys oli kuullut, todistanut hänen rumia sanojaan ja oli saapunut oitis kiusaajan luo ja koulun käytävälle käydessään sanoo

- Nyt sinä saat jäädä tänne eteiseen ja miettiä sanojasi ja kun minä puolen tunnin kuluttua tulen takaisin, sinulla on syytä olla hyvä selitys ja anteeksipyyntö mietittynä.

Kiusaaja näpertää lettinauhaa oikeanpuoleisessa letissään niin, että silkkinauha rutistuu käsissä kiivaan mietinnän seurauksena. Kyyneleet nousevat hänen silmiinsä ja tuntuu kuin pahat ja ilkeät sanat pyrkisivät taas pintaan, halusipa tai ei. Jalat alkavat puutua seisoessa ja tuijotellessa nurkkaan sen lautojen jokainen naulankantakin alkaa olla tuttu.

Luokan ovi avautuu ja Armo Hyvyys astuu leppoisa ilme kasvoillaan tytön luo. Hän pohtii miten sanoisi sanoiksi luokassa äsken toteutuneen, joka oli yllättänyt hänetkin täysin. Niinpä hän toteaa yks'kantaan:

-Tulehan kiusaaja luokkaan, niin luokkakaverisi kertovat mitä teemme ja mitä he päättivät poissa olessasi.

Luokkakaverit alkavat kertoa innoissaan herkkuhetkestä, jonka opettaja oli heille tarjonnut. Sen merkkinä useimmilla kavereista oli vielä hillopullan kermaa huulissaan.

Kiusaaja tuntee syvän pettymyksen mielessään, mutta jää kuuntelemaan yllättyneenä Erjan sanoja: - Säästimme sinulle yhden pullan, jos et enää kiusaa.

Hyvän olon tunne kipuaa kiusaajan katseeseen ja huojentuneena hän ymmärtää saaneensa opetuksen.

Hoitajapulaa pohtimassa

Hoituu, sanoo hoitaja ja kipittää satametristä käytävää sairaalan toiseen kolkkaan. Näin on hyväksi todettu, juosta pitää, jos aikoo hommassa selvitä.

Käytävällä on ylipaikoilla päivystyksen ohjaamia kymmeniä hoitoa odottavia. Aina. Joka päivä. Tuntuu siltä, että aina ja ikuisesti.

Satametrinen potilasjono ei jää juoksevalta hoitsulta tänäänkään huomaamatta. Hän sadattelee mielessään arkkitehdit, rakentajat, osastosijoittelun ja työsuunnittelun, jossa ei tunnu olevan järjen häivää.

Potilas makaa tuolissaan käytävällä kipsattu jalka oikosena ja kysyy: - Onko kiire. Eikö sitä nyt ehtisi vähemmälläkin juoksulla. Voi tulla hiki, kun noin jolkkaat, ilveilee kaveri ja irvistää kivusta. Ei voinut hillitä vahingoniloaan. Toiset juoksee, hän ei vielä pitkään aikaan.

101

-Hoituu, sanoo hoitaja ivailun kuultuaan, hoituu, ja alkaa askeltaa verkkaisemmin ja miettii päivän uutisia, joissa kerrotaan hoitajapulasta.

Olisiko asia paremmin, jos olosuhteita hieman muutettaisiin ja luovuttaisiin näistä massiivisista pytingeistä, joissa Alvar Aallon perillisten omaksumat pitkät linjat, avarat aulat, raput ja kerrokset on sijoitettu satametrisiin yksiköihin. Pienemmilläkin rakennuksille selviäisi. Hän alkaa muistella yksityisessä sairaalassa olleita intiimejä ja tehokkaita tiloja, siellä ei ollut puhettakaan hoitajapulasta ja sinne kaikki tuli töihin, kun oli tarve. Harvoin oli aikaa lorvia kahvihuoneissa ja pitkissä osastokokouksissa, joita nykyisessä kolhoosissa oli joka päivä. Koskipa tiedonvälitys hoitajaa tai ei.

Yksityisessä hoitolaitoksessa ei näkynyt hoitajapulaa, mutta usein kävi niin, että hoitaja oli pulassa, kun piti pitää kiinni tiukoista aikatauluista.

Vippaa mulle viitonen

Tuulee niin hitosti, että meinaa ryysyt lentää päältä. Seison asemalaiturilla ja katson epätoivoisesti junan peräpeiliin. Punaiset valot etenevät, lopulta katoavat kiskoparia pitkin etäisyyteen.

– Mitä nyt, kysyi Pohjanmaalla asuva tuttuni. Mitä nyt, kysyn minäkin itseltäni, tietämättä miksi niin kysyn.

Tuulee niin hitosti, että vie hilseetkin tukasta. Riepottaa viimeisiä harvenevia haituvia kuin kuivaa, irronnutta pensasta aavikolla. Onnekseni hiukseni kuitenkin vielä pysyvät juurillaan.

Tuulee niin hitosti, ettei varoitusääni kuulu. Laiturilla lojuneet roskat lentävät sinne tänne. Ilma ei ole niistä sakeana, mutta kuitenkin kaikki lentävä ovat liikaa.

Keltainen tarralappu osuu takkini rintamukseen. Ojennan käteni ja sormeni tarttuvat lappuseen. Katson sitä ja luen pyynnön: Ole kiltti, vippaa mulle viitonen.

Katson ympärilleni. Tuulee niin hitosti. Vieressä seisova ukko katsoo minua kysyvästi, kaivan taskustani vitosen ja ukkeli ottaa sen hämmästyneenä vastaan ja sanoo: – Ei olis tarvinnut!

Hyvät uutiset

Silmäni ovat vähemmän kirkkaat, sameat suorastaan. Olen märissyt kohta lähes vuorokauden. Iho silmäluomissa punottaa kuin kypsä mansikka, joka samalla tirsuu hedelmälihaansa sormiini.

Katson peilistä kuvaani uudelleen ja uudelleen ja taas turskun lohduttomasti. Tunnen olevani itkupilli. Tunnen olevani turvonnut turnipsi ja silmäni, niistä en pääse irti. Punaiset. Punaiset, punaisen violetit luomet, joiden keskellä epätoivoinen ripaus sinivihreää ja harmaata mustien pupillien kehyksinä.

Katson television runsasväristä ruutua olkani yli eteisen peilistä. Tuttu tunnusmusiikki pakottaa käännähtämään ja askeltamaan olohuoneeseen.

Nyyhkytykseni lakkaa kuin mattoveitsellä leikattuna. Ruudussa ollut onnettomuuskuva, se, jossa olin ollut osallisena ja joka pani minut itkemään, väistää ja ruudulta kantautuu rauhallisella naisäänellä lausahdus:

Seuraavaksi vuorossa hyvät uutiset. Piilolinssit sopivat kaikille.

Sanoja tuulessa

Pisaroi sanoja tavuinensa, ne korviani tavoittaa.

Grillihiilen tuoksu, ah se ajatukseni sekoittaa
ja sieraimiani kutittaa.

Istun jouten.
Odottelen.
Inspiraatiota esiin houkuttelen.

> Kesätuulen lempeän kuulen
> puiden latvoissa lämmin leyhy
> lammen pintaan osuu kuvajainen
> kirsikkapuiden kuja keväällä tehty
> ohi sen kuljen
> katson yli lammen

Puisen laavukatoksen luona puuhastelee Melleriinien
tuttu joukko.